TION LEMERRE ILLUSTRÉE

PAUL BOURGET

Deuxième Amour

Illustrations

de

MYRBACH

gravées

par

ROMAGNOL

PARIS

ALPHONSE LEMERRE, ÉDITEUR

23-31, Passage Choiseul, 23-31

1898

Deuxième Amour

PAUL BOURGET

Deuxième Amour

ILLUSTRATIONS DE MYRBACH

GRAVÉES PAR ROMAGNOL

PARIS

ALPHONSE LEMERRE, ÉDITEUR

23-31, Passage Choiseul, 23-31

1898

DEUXIÈME AMOUR

VERS le milieu du mois de juillet 1881, il arriva que M. Élie Laurens, deuxième secrétaire d'ambassade auprès d'une des cours du Nord, se prit de querelle avec un des gentilshommes du pays. L'altercation s'engagea devant une table de whist, mais le prétexte du jeu cachait mal une rivalité connue de galanterie. Bien que le jeune Français n'eût pas touché un fleuret depuis trois ans, il blessa gravement son adversaire. Cette victoire d'amour-propre fut un désastre pour ses intérêts. Le gentilhomme blessé se trouvait être le fils aîné du premier ministre, et, d'autre part, Élie avait accepté la rencontre sans consulter son chef. Le trop adroit diplomate, qui déjà n'était pas en faveur au ministère à cause de ses opinions politiques, fut mis en disponibilité, — disgrâce momentanée dont ses amis le félicitèrent, puisqu'elle lui permettait de revenir à Paris. Il s'en applaudit lui-même, car le romanesque de la cause lui cachait les inconvénients de l'effet. Pourtant ce petit malheur offrait un danger réel. Laurens était rendu au loisir dans une difficile période de sa vie morale. Il subissait une crise que l'action extérieure, si faible fût-elle dans le poste qu'il quittait, lui avait dissimulée depuis plusieurs mois. Cette action cessant, la maladie d'âme dont le jeune homme était atteint se révéla par d'immédiats symptômes.

Élie Laurens avait alors trente-trois ans. Il était assez grand et mince, avec un je ne sais quoi dans la fragilité de sa personne d'un peu plus jeune que ne l'aurait voulu son âge. Cet air d'extrême jeunesse, comme répandu sur la construction et sur les mouvements de tout son corps s'augmentait par la délicatesse des traits de son visage, demeurés presque enfantins. Mais le plissement profond des paupières qui se fronçaient au coin dans le sourire, mais la fatigue de la coloration du teint qui disait la fatigue du sang, mais une sorte de torpeur lassée qui sommeillait dans l'arrière-plan des yeux très bleus, mais vingt autres indices encore, révélaient au second regard l'usure précoce et secrète chez cet homme à gracieux aspect d'adolescent. Les caractères complexes de cette physionomie donnaient l'impression singulière d'un être à la fois trop jeune et à demi fané. Les passions semblaient l'avoir gâté sans l'avoir mûri, et cette apparence d'enfant blasé n'était qu'une transcription visible de l'obscur travail accompli par les circonstances sur cette créature nativement trop fine et trop frêle. Orphelin à quinze ans, maître à dix-huit d'une petite fortune, — il comptait deux fois autant de mille livres de rente que d'années, — Élie Laurens avait laissé aller sa vie sans la gouverner. Comme il possédait le sentimentalisme à fleur d'âme qui permet de se jouer à soi-même, sans trop de mauvaise foi, la comédie de l'amour à propos des plus légers caprices ; — comme son joli profil, à peine virilisé par une fine moustache brunissante, s'harmonisait coquettement avec la câlinerie un peu féline de ses manières;

— comme, en outre, son unique occupation, durant ses années de stage au quai d'Orsay, avait été de courtiser toutes les femmes et d'aller dans tous les mondes, il avait rencontré l'occasion de beaucoup d'aventures, et il s'y était abandonné, sans réfléchir qu'un homme flétrit le meilleur de lui-même dans des plaisirs de passage. La facilité de ces liaisons, plutôt acceptées que choisies, jointe à l'étourdissement quotidien des sorties mondaines, avait empêché l'éclosion de tout sentiment puissant dans ce cœur, plutôt voluptueux que passionné. Laurens était donc parvenu à la fin de sa première jeunesse sans avoir aimé, bien qu'il eût pu, avec moins de modestie, se considérer comme une façon d'homme à bonnes fortunes. Il avait beaucoup de souvenirs, — mais de regrets, pas un. L'étrange anomalie de cette destinée devait aboutir, sur la fin de la trentième année, à un douloureux état de langueur morale. L'obscure aperception de l'avortement de son cœur accompagna dans ce jeune homme la sorte de mélancolie physique, dure rançon de l'abus du plaisir, que connaissent trop bien ceux qui ont touché une fois le fond de leur énergie vitale ; et Laurens, fils d'un Parisien et d'une Parisienne, n'avait pas eu au service de son libertinage un de ces tempéraments rudes et entiers où se trouve ramassé le trésor d'une inépuisable hérédité rustique. Il avait usé sa vie, et il n'avait pas vécu. Depuis deux ans qu'il avait quitté Paris, l'intérêt d'esprit provoqué en lui par les détails de sa carrière lui avait permis de ne pas trop songer à cette triste vérité dont l'évidence s'imposa, aussitôt que l'oisiveté forcée le livra en pâture aux longues réflexions. Lorsque, durant le mois de novembre qui suivit sa disgrâce, il se fut installé à nouveau dans le petit appartement qu'il avait gardé rue Barbet-de-Jouy, sur le devant d'un hôtel rarement habité par les maîtres ; lorsqu'il eut déposé des cartes cornées dans les maisons dont il était jadis le fidèle, renouvelé une partie de son mobilier, assisté aux pièces en vogue, repris langue au cercle de la rue Royale et tout disposé pour son train accoutumé de dissipation correcte et régulière, il commença de sentir les atteintes du plus intime, du plus invincible ennui. Les premières fumées des sens s'étant dissipées, et aussi la vapeur d'illusion qui nous fait nous voir en beau dans nos heures de début, son existence se découvrit à sa rêverie dans son insipide et vaine médiocrité. Il jugea que se lever à neuf heures, écrire des lettres, lire des journaux, déjeuner chez soi, s'habiller, faire des visites, s'habiller derechef, dîner au dehors et finir sa soirée dans le monde, au théâtre ou au *club,* constituait le régime le plus intolérablement monotone qui se pût imaginer. Il interrogea, et il reconnut, avec une lucidité cruelle, qu'il était devenu, non pas égoïste, — car il ne s'aimait pas beaucoup lui-même, — mais très indifférent aux autres, et il dut s'avouer qu'il en avait été ainsi toujours. Il avait eu d'aimables amis, mais ils étaient ou éloignés ou mariés, et d'ailleurs, passé trente ans, nos amis ne nous suffisent pas plus que nous ne leur suffisons. Ils vivent de leur côté, nous du nôtre. Il retrouva d'anciennes maitresses sans émotion, il fut présenté à des femmes nouvelles sans curiosité. N'ayant entrepris aucune étude spéciale, il connaissait tous les livres de sa bibliothèque et ne les rouvrait que distraitement. Les quatre pièces qui formaient son intérieur étaient tenues d'une manière convenable par un ancien valet de chambre de ses parents, demeuré à son service, en sorte que ses journées s'écoulaient sans les contrariétés matérielles, supplice et distraction de la plupart des célibataires. Et il s'ennuyait... Un de ses oncles, auquel il avoua ingénument son obscur malaise, lui conseilla de se marier. Deux jeunes filles, auprès desquelles on le fit dîner, lui déplurent par l'involontaire comparaison qu'il fit d'elles à ses amies d'autrefois. Comme la marque distinctive de son caractère était l'abandon de ses actes aux influences ambiantes, il ne lutta point et il attendit... quoi ? Lui-même n'en savait rien, — et c'était tout simplement l'occasion de donner une pâture aux puissances d'amour sincère qui étaient demeurées intactes et inutiles dans les profondeurs inconscientes de sa personne. Notre être moral subit les mêmes lois que notre être physique. Toute faculté inoccupée y devient un principe de malaise. Mais ce malaise nous avertit quelquefois trop tard, quand nous avons manqué pour toujours l'occasion de vivre notre véritable vie.

Cette courte monographie — dans laquelle plus d'un jeune Parisien reconnaîtra sans doute l'histoire de ses propres sensations, car les causes du spleen de Laurens n'étaient guère exceptionnelles — fera mieux comprendre la place que le hasard très simple d'une rencontre occupa dans cette âme atone, et par suite plus soumise qu'une autre aux surprises de l'imprévu. La valeur des événements dans notre sensibilité ressemble à la valeur des tons dans un tableau : c'est la juxtaposition qui produit le degré de saillie, et, sur un fond gris d'existence, la plus légère impression fait couleur. Par un des soirs de ce mortel hiver, où les heures se déroulaient pour lui si lentes, Élie se trouva sur le quai qui longe l'Esplanade des Invalides, face à face avec un de ses anciens compagnons du ministère, qui avait été, six ans auparavant, le héros d'une histoire retentissante. Coup

sur coup, en effet, sans qu'aucun indice eût fait prévoir un pareil scandale, la chronique parlée des salons avait annoncé la disparition, d'abord de M. Gérard Lairesse, — c'était le nom du jeune homme, — puis celle de Mme Claire Audry, une jeune femme de vingt-huit ans, dont la conduite avait été, jusque-là, pure de tout soupçon ; et, presque aussitôt, car le cosmopolitisme contemporain transforme l'Europe en une façon de petite ville, des personnes bien informées révélèrent que M. Gérard Lairesse et Mme Claire Audry vivaient ensemble en Angleterre. Ce fut alors à qui chercherait dans le passé de la fugitive de quoi flétrir ce que l'on appela son abominable hypocrisie, et le monde se vengea par d'atroces calomnies de la félicité enviée de cet adultère lointain. Cette malveillance furieuse s'étendit bientôt jusqu'au mari, lequel eut le cynisme de prendre son infortune avec une philosophie singulière.

C'était un homme de quarante-cinq ans, haut en couleur, grisonnant déjà, célèbre par sa gourmandise, et qui passait pour posséder une capacité financière de premier ordre. Il était président du conseil d'administration d'une grande banque, dont toute la fortune était due à son entente magistrale des affaires. Y avait-il eu entre Audry et sa femme quelqu'un de ces drames cachés qui donnent à l'épouse un droit de supériorité si écrasant qu'un procès déshonorerait le mari ? Plusieurs le pensèrent, au silence que garda cet homme, et à la facilité avec laquelle il se prêta au règlement définitif des comptes entre l'absente et lui. D'autres accusèrent le positivisme du personnage, qui n'en perdit, en effet, ni un coup de fourchette ni un coup de Bourse, et qui en fut quitte pour s'installer davantage encore chez une actrice du nom de Léona d'Asti, sa protégée depuis plusieurs années. Vainement le monde s'épuisa en conjectures de tout ordre sur les sentiments respectifs des acteurs de ce roman réel; puis le silence s'établit à l'endroit d'une situation qui demeura tout ensemble inexpliquée et typique. La phrase : « Vous savez, c'est comme cette petite madame Audry... » repassa de temps à autre dans la conversation. Quelques femmes romanesques admirèrent secrètement la délivrée. Quelques hommes sages plaignirent secrètement Gérard. L'histoire de cette fuite mystérieuse revint sur l'eau à l'occasion d'un procès de finance dont Audry se tira, comme il put, sa fortune indemne, mais l'honneur perdu, — et ce fut tout. « Il n'y avait pas d'enfants... » dirent de loin en loin ceux qui mentionnaient encore cette aventure pour en prendre texte à l'appui de leurs théories, dans les discussions quotidiennes sur les diverses sortes d'adultères.

Élie Laurens se rappelait d'autant mieux

cette anecdote de la légende mondaine qu'il avait été lié avec Gérard, pendant toute une partie de sa jeunesse, d'une de ces demi-amitiés qui tiennent à des convenances d'humeur et à des identités d'habitudes. Ils étaient rédacteurs au même bureau, et ils fréquentaient les mêmes salons. Mais, depuis l'enlèvement de Mme Audry, Lairesse n'avait pas donné signe de vie à son collègue du quai d'Orsay, et Laurens n'avait même pas songé, lors de son retour, à s'informer du camarade disparu. Aussi demeura-t-il comme frappé de stupeur en voyant sur ce trottoir parisien son compagnon d'autrefois s'avancer vers lui, la main tendue, un bon sourire aux lèvres, et dans les yeux cette joie du revoir qui supprime du coup la distance des années. Cette stupeur fut même marquée si nettement, que Gérard sourit davantage : « J'étais bien la dernière personne que vous pussiez vous attendre à rencontrer... » fit-il sans embarras, et, comme pour prévenir toute question : « Oui, mon cher ami, » continua-t-il, « voilà plus d'un an que nous sommes revenus... Que voulez-vous ? Paris vaut bien une messe, disait l'autre ; et moi je dirais : Paris vaut bien un coup d'épée... Mais tranquillisez-vous, je n'en ai donné ni reçu... Et vous-même ?... » et, par un geste affectueux, il avait passé son bras sous le bras d'Élie, il marchait avec lui, l'accompagnant, changeant sa route, et l'allégresse de cette reconnaissance gagnait Laurens. Comme s'ils ne s'étaient quittés que de la veille, les deux jeunes gens allaient au pas l'un de l'autre, sautant de sujets en sujets avec la rapidité d'association d'idées de deux amis qui pensent tout haut, et, tandis que la causerie vagabondait parmi les souvenirs communs, Élie étudiait son camarade, qu'il retrouvait tout pareil à celui qu'il avait connu autrefois. Grand de taille, le visage ouvert, regardant bien droit avec deux yeux bruns qui disaient la hardiesse, Gérard avait, dans son profil un peu busqué, grâce à la coupe de sa barbe et aussi à la martiale beauté de ses traits, quelque chose de la célèbre physionomie d'Henri Quatre. La carrure de ses épaules, la souplesse de ses mouvements dénonçaient toutes les énergies d'un homme évidemment destiné par la nature à la lutte. Par cette soirée noire de janvier, où Élie Laurens avait souffert plus qu'à l'ordinaire de sa dépression morale, la rencontre de Gérard devait lui imposer de douloureuses comparaisons : « Celui-là vit du moins, » songeait-il. « Ah ! que ne suis-je lui !... » et, par une invincible suggestion d'images, la présence de son ancien ami fit ressusciter dans son souvenir cette Mme Claire Audry, telle qu'il l'avait vue un certain soir, dans un grand dîner où il était assis à côté d'elle... Élégante et grande, elle avait une manière lente de tourner la tête qui éveillait l'idée d'un être parfaitement calme. Ses cheveux, d'un châtain cendré, se partageaient simplement des deux côtés de cette tête au front noble, par une raie tracée sur le côté. Dans le regard de ses yeux très noirs et très tendres, un peu noyés même, flottait une pensée sérieuse jusqu'à la gravité, mais en même temps une extrême facilité à rougir et comme une gaucherie charmante de certains gestes corrigeait la gravité du regard et faisait songer à quelque créature doucement farouche, comme l'est une antilope. Sa bouche s'ouvrait comme une fleur et montrait des dents irrégulières, mais d'une blancheur délicieuse ; et quand elle caressait ses épais bandeaux par une habitude de rêverie, elle laissait voir une main plutôt forte, avec des doigts un peu carrés, signe de volonté, disent les manuels de chiromancie. Elle portait, ce soir-là, une robe de dentelle noire, qui dégageait son cou, presque robuste, mais sans lourdeur aucune. Pour toute parure, elle avait mis dans ses cheveux et à son corsage quelques diamants d'un feu changeant. Et cette vision se précisait davantage. La vaste salle à manger s'évoquait devant Élie, avec les tapisseries de ses murs, avec les domestiques en culottes courtes, avec l'étincellement des cristaux sur la table garnie de fruits et de fleurs, avec la guirlande de femmes décolletées et des hommes en frac de soirée. Ce décor de luxe était le symbole de la royauté mondaine que Mme Audry avait abdiquée pour suivre Gérard. Quelles étranges tempêtes de passion cette créature si fière avait-elle dû traverser pour consentir à cette abdication ? Et, de souvenirs en souvenirs, Élie en arrivait à su-

bir de nouveau l'impression d'étonnement attristé qui lui avait serré le cœur à l'annonce de la fuite de la jeune femme. Il se souvenait d'avoir souffert, bien qu'il la connût à peine, du soudain revirement d'opinion qu'il avait vu s'accomplir à son endroit, — revirement qui s'était fait en lui aussi ; mais du moins ce n'avait pas été sans qu'un intérêt suprême demeurât attaché à la vivante énigme de ce caractère de femme... — Ces images diverses traversèrent la tête d'Élie avec la rapidité du songe tandis qu'il répondait de son mieux à Gérard, qui l'interrogeait maintenant sur leurs camarades de la carrière. Ils arrivaient au coin des rues de Varenne et Barbet-de-Jouy. « Vous êtes fidèle à votre ancien logement, » lui dit Gérard. « J'ai cherché aussi un petit hôtel dans ce quartier. Mais j'ai trouvé juste ce qu'il nous fallait, rue de Balzac... Viendrez-vous nous y voir ? » ajouta-t-il en prenant dans son portefeuille une carte qu'il tendit à Élie. « Mme de Velde sera, j'en suis sûr, tout à fait charmée de vous retrouver, et moi je suis votre ami comme jadis, n'est-ce pas ?... » Il serrait la main d'Élie, en disant cela, de cette étreinte un peu rude que l'autre connaissait bien. Laurence répondit un « oui » aussi affirmatif et aussi cordial qu'avait été la demande. Ils se séparèrent... « Mme de Velde ?... » songeait Élie, tout en commençant, un quart d'heure plus tard, sa toilette de la soirée... « C'était son nom de jeune fille : Claire de Velde. C'est celui qu'elle reprendra si jamais la loi permet le divorce. Gérard était sincère en m'invitant à venir chez eux. Mais comment peut-il supporter l'idée d'introduire un étranger dans la solitude de leur bonheur ? Quel accueil me fera-t-elle ? Pourquoi m'a-t-il abordé avec cette physionomie d'un ami heureux de renouer une relation d'autrefois, quand cet autrefois devrait être mort pour lui? Comment ont-ils pu revenir à Paris, au risque de rencontrer tant d'anciens regards? Cette femme que j'ai connue si pudiquement réservée est-elle découronnée de toute sa délicatesse?... Sont-ils heureux?... » Toutes ces questions se pressaient devant la pensée du jeune homme ainsi que les données obscures d'un problème d'âme qu'il pressentait plutôt qu'il ne le formulait nettement. Puis il se disait: « Oui, certes, ils sont heureux, car ils vivent, ils vivent... mais comment?!.. » Et ce « comment? » l'accompagna, dans la maison où il allait dîner, avec une obsession qu'il ne put vaincre ce soir-là, malgré les épaules de ses voisines et les anecdotes piquantes d'un causeur à la mode. Il avait tant de fois assisté à des réunions pareilles, tant de fois entendu des propos de ce genre. La société l'ennuyait, comme un mauvais journal lu et relu depuis le titre jusqu'aux annonces ennuie un voyageur emprisonné dans un coupé de chemin de fer. « Vraiment, » se disait-il en rentrant vers minuit, fatigué jusqu'à l'écœurement par la monotonie des conversations, « si c'est pour ne plus jamais aller dans ce monde que Mme Audry a tout quitté, la blâme qui voudra ! Moi, je l'envie... » Et, tout en souriant de sa boutade, il retournait involontairement les diverses hypothèses qu'il avait hasardées en lui-même sur le mystère des relations de Claire et de Gérard...

Les moralistes ont souvent remarqué ce fait, sans bien en rendre compte : de toutes nos passions, la curiosité demeure la dernière à mourir. Même elle grandit, semble-t-il, de ce que perdent les autres, car où recrute-t-elle le plus grand nombre de ses fidèles ? Parmi les vieilles gens et les âmes sèches. Ceux dont la vie personnelle est très intense ne gardent pas le loisir de se mettre à l'affût des actions d'un indifférent. N'eût été l'indigence momentanée de son propre cœur, Élie Laurens eût moins continûment pensé à Mme de Velde durant la semaine qui suivit sa rencontre avec Gérard. Toutefois, détail qui prouvera combien cet homme était resté jeune en dépit de sa vie, aucune vilaine, aucune obscure espérance de bonne fortune ne se mélangeait à cette préoccupation. Dans la curiosité que lui inspirait celle qu'il avait connue Mme Audry, il n'entrait point cet abominable « pourquoi pas moi ?... » — secret murmure de la plupart de ceux qui abordent une femme dont ils savent, de science certaine, qu'elle a commis une faute. Et cependant, — mais une âme encore sensible abonde en contradictions de cet ordre, — s'il ne se fût pas rappelé les beaux yeux noirs, le subtil sourire, la fierté gracieuse de Claire, il n'eût sans doute pas sonné aussi tôt à la porte de l'hôtel qu'occupait son ami, rue de Balzac.

Lairesse avait dit : « Vous me trouverez toujours le matin... » Il était à peine onze heures. Élie, venu à pied le long de l'avenue des Champs-Élysées, se trouvait disposé à interpréter la moindre remarque dans le sens de ses réflexions sur le problème qui le préoccupait. La physionomie assez singulière de la rue choisie par Gérard lui fut un premier prétexte à hypothèses. Cette rue de Balzac, jadis nommée rue du Moulin-Beaujon, à cause de l'ancien jardin des Folies-Beaujon sur lequel elle fut ouverte en 1825, transformée ensuite en avenue Fortunée, du prénom d'une dame Hamelin, femme d'un propriétaire de cette avenue, doit sa désignation actuelle à ce fait que l'auteur du *Père Goriot* y mourut au mois de juillet 1850. L'inégalité du terrain la rend d'un passage difficile du côté qui regarde les Champs-Élysées. Dans cette portion se dressent plusieurs maisons meublées, tenues, ainsi que l'atteste leur écriteau, par des hôteliers anglais et réservées à des familles anglaises. C'est dire que les locataires en sont absents tout le jour, car un Anglais qui vient à Paris quitte sa chambre à huit heures pour n'y rentrer qu'à la nuit. Est-ce à la roideur de la pente, est-ce à la présence de ces pensions désertes qu'il faut attribuer le calme du tronçon de cette rue qui monte ainsi jusqu'aux mornes rues Lord Byron et Chateaubriand ? Toujours est-il que les promeneurs s'y font rares comme sur une place abandonnée de province. Élie Laurens voulut voir, dans la préférence donnée par son ami à ce coin paisible en plein Paris luxueux, l'indice d'un compromis entre un besoin de retraite et un désir de retour à la vie mondaine. L'hôtel lui-même, situé à mi-chemin de la montée, était séparé de la rue par une cour. Lorsque Élie poussa le battant de la porte cochère, un timbre résonna, et le concierge parut sur le pas de sa loge qui occupait un des côtés de cette cour, tandis que l'autre était réservé aux écuries. En ce moment, un palefrenier achevait de desseller un cheval, dont l'écume indiquait qu'il venait de fournir une longue course. « Gérard est sorti ce matin et seul ?... » songea Élie, qui dévisagea aussitôt la maison avec une curiosité suraiguë. C'était une construction à deux étages, précédée d'un perron droit qui régnait dans toute la largeur. Une marquise, droite et longue comme ce perron, en faisait une sorte de promenoir. Aux deux extrémités, deux portes ouvraient : celle de gauche, par laquelle un valet de chambre introduisit Élie après qu'il eut fait passer une carte à Gérard, transformait le rez-de-chaussée en un appartement indépendant ; tandis que la porte de droite, accrochée à l'intérieur, laissait voir un escalier garni d'un tapis, qui desservait les deux étages d'en haut. Ce signe évident d'une sépara-

tion d'existences donna pour le visiteur un intérêt plus puissant encore au visage de la pièce où il entrait après avoir traversé un vestibule tout sombre. C'était la chambre à coucher de Gérard : « Vous m'excusez, » dit ce dernier, « de vous recevoir ici... Je sors de mon tub... Vous savez, après la promenade à cheval, l'eau froide... C'est ma vieille hygiène... Sans exercice violent, je crois que je mourrais... Comme vous êtes gentil d'être venu !... » Et, ce disant, il montrait à son camarade son peignoir en flanelle blanche. Élie, installé déjà au coin du feu, le regardait, souple et fort, avec son teint éclairé par le coup de fouet du grand air et du bain, et les moindres gestes de ce corps robuste révélaient l'homme énergique, aussi certainement taillé pour les grandes dépenses de l'activité qu'il était fait, lui, Élie, avec ses membres frêles et son être énervé, pour le rêve et la passion : « Après cela, jugez donc des destinées par les tempéraments, » se répétait-il en examinant la chambre. « Vous me permettez de m'habiller devant vous ?... » avait repris Gérard après quelques minutes... Un domestique allait et venait, et Laurens raisonnait en lui-même sur les observations qui lui sautaient aux yeux, tout en s'enveloppant des bouffées d'une cigarette de tabac russe que son ami venait de lui tendre. Les deux fenêtres entre lesquelles avançait le lit donnaient sur un petit jardin dont les arbres, maintenant dépouillés, dessinaient leur squelette par delà les vitres. Le soleil du clair matin d'hiver entrait gaiement, et sa lumière emplissait cette chambre à coucher qui était bien celle d'un garçon riche. — Mais Gérard n'avait-il pas environ soixante mille francs de rente ? — Les plus légers détails indiquaient aussi l'absence complète d'un esprit de femme dans cet intérieur. Tout y était viril, presque sévère, depuis la solidité massive des meubles jusqu'aux faisceaux d'armes groupés sur les murs tendus de vert sombre. D'autre part, il suffisait d'un coup d'œil pour constater que le maître de cette garçonnière vivait beaucoup chez lui. La pièce n'avait pas cette face muette et rangée des logis qui sont seulement la fausse fenêtre d'une vie de célibataire et masquent de décorum une existence en partie double. Le lit de milieu, tout bas et mince, avec son unique oreiller, venait d'être refait, comme l'indiquait un livre laissé sur la table de nuit, retourné, les pages ouvertes, et qui avait été lu avant le sommeil, de même que les journaux auprès et les lettres décachetées avaient dû être parcourus au réveil. Sur un guéridon, le plateau du déjeuner, pris sans doute avant la sortie, montrait une seule tasse auprès de la théière en argent; et tous les autres objets nécessaires aux habitudes de confort d'un jeune homme élégant avaient cet air manié qui ne s'imite pas, car il réside dans une évidente mais indéfinissable harmonie. Notre personne ne s'empreint-elle pas sur son milieu d'habitudes, avec une exactitude presque photographique ? Gérard, qui surprit les regards errants de son visiteur, répondit à la muette interrogation qu'il crut y lire : « Vous voyez, je ne suis pas trop mal... j'ai encore un cabinet de travail et au besoin une petite salle à manger... Ce n'est pas très grand, mais j'ai du soleil et de l'air... » et il respirait à pleins poumons. « A propos, » ajouta-t-il, quand le valet de chambre se fut retiré, « vous nous restez au *lunch* ?... » Le coup d'œil dont s'accompagna cette demande traduisit une inquiétude que la réponse à demi affirmative d'Élie dissipa aussitôt. « Je vais écrire un mot à Mme de Velde, » fit Gérard ; « je lui ai parlé de vous, elle sera heureuse de vous voir... » Il précéda son ami dans un cabinet de travail, assez étroit en effet, mais dont les livres et les papiers témoignaient qu'on y séjournait souvent. Tandis que Lairesse déchirait une feuille de son *block-notes* et griffonnait un billet qu'un domestique vint prendre et porter sans autre instruction, Élie avait très envie de regarder un portrait posé sur la large table et qui était celui de Claire. Il n'osa point, et se contenta de discuter intérieurement le degré de signification que pouvaient avoir et l'appartement et l'attitude de Gérard. — Était-ce une hypocrisie de tenue ? Était-ce le résultat d'une sorte de divorce tacite et cependant ménager d'une situation irrévocable ? Gérard ne présentait aucun des symptômes d'un amant heureux et qui vit avec une maîtresse, conquise, par un coup d'audace, sur tous les préjugés du monde. Comme au soir de la rencontre le long de l'Esplanade, la conversation portait presque uniquement sur d'anciens collègues. Gérard en parlait comme un officier mis à la retraite parle de l'armée. Il était au courant de toutes les mutations et de tous les avancements. Ses yeux brillaient... Ils s'assombrirent quand l'heure avança, et Laurence put remarquer qu'ils étaient presque ternes au moment d'entrer dans l'appartement du premier étage, qu'ouvrit un domestique en livrée dont les boutons portaient les deux lettres C et V.

Si la curiosité d'Élie était déjà vive lors de son arrivée devant l'hôtel, à cet instant elle se trouvait portée à son comble par la quantité de petits faits qu'il venait de surprendre. Mais au premier regard jeté sur la jeune femme, c'est à peine s'il put continuer d'observer, enveloppé qu'il fut aussitôt par un charme d'attendrissement dont il aurait eu peine à définir la nature. Il la reconnut aussitôt. Elle lisait, assise au coin du feu dans un petit salon d'une tonalité bleu pâle, vêtue d'un déshabillé blanc du matin que garnissaient d'innombrables volants de dentelle. Ses cheveux châtains avaient gardé leur nuance fine et cendrée d'autrefois, et, comme autrefois, une raie les divisait simplement sur le côté. Le caractère de profond sérieux qui faisait jadis la beauté morale de son visage résidait encore dans

ses yeux doucement noirs et dans les lignes reposées de ses joues et de son front. Senlement ce sérieux paraissait s'être exagéré. C'était maintenant une gravité voisine de la mélancolie, qui devait donner une sensation douloureuse à quiconque savait son histoire. Ne s'était-elle point placée dans des circonstances telles qu'il n'y avait plus de moyen terme pour elle entre la félicité suprême et le pire malheur? Ce visage était un peu amaigri, ces yeux un peu creusés, cette bouche charmante qui appelait invinciblement la comparaison avec une fleur, se fermait dans un pli tout près d'être triste. Non, cet ensemble n'avait rien de commun avec l'image de la félicité dans la faute. Mais il écartait aussi toute idée de faute. Élie n'eût pas connu les faits comme il les connaissait, et on lui eût montré Claire de Velde en lui racontant qu'elle avait été l'héroïne d'un des plus fameux scandales de la société parisienne, qu'il eût crié hardiment à la calomnie, tant il rayonnait de fierté calme, de noblesse franche, de sérénité résignée autour de cette tête de femme de trente-quatre ans, qui s'inclina d'un mouvement de princesse lorsque Gérard présenta le visiteur. Le geste par lequel sa main fit signe à Élie de prendre place était empreint de cette grâce chaste où les hommes qui ont un peu vécu reconnaissent l'instinctif *noli me tangere* de l'honnête femme, cette sorte de pudeur absolue, irraisonnée, comme physique, et qui décourage jusqu'au plus timide désir. « Votre ami, monsieur, » dit-elle, « m'avait trop souvent entretenue de vous pour que ce ne me fût pas un réel plaisir de vous recevoir... » Cette simple phrase, qui plaçait pourtant Gérard entre elle et Laurens, fut prononcée d'une voix un peu basse et voilée, mais sans que rien, ni dans l'intonation ni dans la physionomie, révélât l'embarras qu'une femme du monde doit éprouver en se retrouvant proscrite et déchue devant un homme qui l'a connue honorée et souveraine. Ce n'était pas non plus l'impudence avec laquelle une créature vaincue marche au-devant de l'affront possible. Non ; cela ressemblait à la sécurité hardie d'une personne qui s'est jugée dans le for de sa conscience, qui s'est donné raison et qui n'admet pas qu'on la discute. Et dans la conversation qui précéda le déjeuner, comme dans celle qui se soutint à table, pas une seconde Claire ne se départit de cette attitude. — « Mais est-ce une attitude ? » se demandait Élie, indéfiniment.

Il se trouvait donc assis à l'un des côtés de la table carrée, sur la droite de Claire en face de laquelle était Gérard. Deux buffets de la Renaissance ornaient cette salle à manger. Un seul tableau était appendu aux murs boisés, qui représentait la fuite d'un paquebot dans la brume. Dès le commencement du déjeuner, les mots se firent plus rares. Une gêne, vainement dissimulée par la cordialité des avances, pesait sur les trois convives. Élie Laurens, qui continuait de se commenter tout bas les plus menus détails, sentait cette gêne comme palpable à travers les inflexions de la voix de Gérard, ses gestes surveillés, l'inexprimable contrainte de son regard. Il observait que son ami, affamé sans doute par son exercice du matin, mangeait et buvait de grand appétit, tandis que Mme de Velde, après avoir touché du bout des dents au morceau placé dans son assiette, croisait sa fourchette et son couteau sur ce qu'elle laissait, comme les petites filles qui veulent éviter une réprimande. Jusque dans la façon dont ces deux êtres se tenaient à table, il y avait pour ainsi dire des différences de physiologie et de circulation du sang. Et l'atmosphère de gêne s'épaississait toujours, d'autant plus que Claire semblait maintenant absente de la chambre, avec son visage immobile, ses réponses brèves, son indifférence songeuse... Élie, à bout de ressources, crut trouver un sujet de conversation dans le tableau qui lui faisait précisément vis-à-vis, et tout de suite il s'aperçut qu'il fournissait à ses hôtes une occasion de manifester leur divorce d'intelligence après leur divorce d'habitudes et de tempérament... « C'est une toile du peintre anglais Turner, » fit Mme de Velde ; « l'aimez-vous ?... » Et sur la réponse affirmative d'Élie, elle se tourna vers Gérard avec un sourire : « Vous voyez, » reprit-elle, « que je ne suis pas seule de mon sentiment... » — « Mais j'ai toujours cru que vous deviez avoir raison, » répliqua-t-il ; « les beaux-arts et moi nous étions déjà brouillés au quai d'Orsay... Vous en souvenez-vous, Laurens ?... » Élie se rappelait en effet le mépris que Gérard, homme d'ambition et d'énergie pratique, professait dès cette époque pour ce qu'il appelait dédaigneusement le côté littéraire de la vie; et il écoutait la jeune femme discuter sur la peinture anglaise avec la fine justesse de sensations qu'elle paraissait devoir apporter à toutes choses, instruite et simple, sans coquetterie d'esprit, mais comme une personne qui a beaucoup réfléchi et comparé. Très évidemment, depuis des années, elle avait vécu parmi des livres et des idées. Quelques minutes plus tard, la causerie avait tourné. Gérard parlait de l'Angleterre à son tour et du peuple anglais, mais il avait porté la question sur le terrain de la politique. Il critiquait les dernières mesures prises à l'égard de l'Irlande, il comparait les colonies anglaises aux colonies françaises. Claire se taisait maintenant, et sa main sans bagues lissait ses cheveux par un geste qui reportait Élie à plusieurs années en arrière. Il écoutait Gérard cependant, et il admirait la précision directe de ses phrases; puis il concluait que son ami et sa maîtresse étaient séparés par leurs qualités mêmes. Elle ne semblait pas plus apprécier la valeur de ce qu'il disait, qu'il n'avait paru goûter le charme de ses paroles à elle, tout à l'heure. Une mélancolie l'envahissait qui redoubla encore, à un moment où, revenus dans le petit salon pour prendre le café, il vit Gérard mettre un baiser sur la main de Claire, en réponse à une taquinerie gracieuse... Le soleil d'hiver glissait ses rais à travers le store baissé, qui était d'un bleu plus pâle que le bleu des tentures et coupé d'une bande de guipure ancienne. Pour un étranger, certainement, cette jeune femme auprès de ce jeune homme, tous les deux libres de s'aimer, tous les deux rapprochés l'un de l'autre par le sacrifice hardi de leur avenir, tous les deux riches et placés dans ce décor d'élégance tendre, — c'était le bonheur. Mais pourquoi une vapeur de gêne avait-elle enveloppé cette causerie du dé-

jeuner, dont cependant tout rappel de la vie mondaine avait été soigneusement omis? Pourquoi, même à cette minute du baiser, une étrange nuance de contrainte se lisait-elle sur le visage de l'amant, et, dans les yeux de la maîtresse, une nuance de renoncement sans espérance? Ou bien Élie se trompait-il et tous ces indices d'une mystérieuse et inéluctable séparation entre ces deux êtres n'existaient-ils que dans son imagination, — que dans son désir peut-être? Car était-il bien sûr que le subit accroissement de sa tristesse ne dérivât point d'une subite et indistincte jalousie?

Malgré ce malaise du premier jour, — à cause de lui peut-être, — Laurens fit une seconde visite à la rue de Balzac, puis une troisième, puis une quatrième, et, si la curiosité de comprendre le caractère de Mme de Velde dans ses rapports avec Gérard était toujours aussi forte en lui, maintenant il s'y mélangeait beaucoup de cette vague tendresse qui marque la naissance des sentiments durables. Ces sentiments eux-mêmes furent bientôt caractérisés d'une telle manière que, descendu au fond de sa conscience, Élie n'eût guère pu s'empêcher de se les avouer. Mais dans la seconde période de la vie, quand l'homme ne se trace plus des programmes de passion qu'il réalise ensuite par devoir, il n'est pas rare qu'il se fasse illusion à rebours sur les attachements auxquels il s'abandonne. De même qu'à l'époque de l'adolescence nous croyions immortelles les émotions d'une heure, sur le déclin de la première jeunesse nous nous imaginons tenir moins à nos amours que nous n'y tenons réellement. Élie était d'ailleurs trop scrupuleux en amitié pour ne point se juger incapable d'aimer d'amour la maîtresse d'un ami qui l'avait introduit dans sa maison et qui lui marquait une infinie confiance. Hélas! elle est si insensible et si fleurie de bonheurs délicats, la pente qui nous mène de la sympathie pour un joli esprit de femme à la passion pour toute sa personne! C'est plus tard seulement, — c'est trop tard, — lorsque le sortilège nous a enlacé tout entier, que nous reconnaissons dans notre commencement de familiarité avec celle que nous n'eussions jamais dû aimer, le principe de notre coupable enivrement. Au bout de huit semaines, Élie Laurens, qui s'était laissé entraîner à voir Mme de Velde tous les jours, ne se rendait pas compte encore de la place que cette femme avait prise dans son cœur jusque-là si vide. Il savait bien qu'il ne s'ennuyait plus, et il savait aussi qu'au lieu d'étudier en observateur la situation de Claire et de Gérard, il en acceptait pêle-mêle les avantages et les inconvénients. Mais dans quel recoin de son âme lassée eût-il trouvé la force de résister à l'attirance qu'exerçait sur lui la respiration de ces atomes presque impondérables qui font l'atmosphère et comme le parfum physique et moral d'une femme, — atomes subtils qui, flottant autour de Claire, l'enveloppaient, lui, le songeur, d'une sorte d'engourdissement délicieux ?...

Dès ses premières visites, il la trouva presque toujours seule, et il ne s'en étonna pas trop, la devinant assez déjà pour comprendre de quelle grande difficulté devait être, pour une femme si fière et si déclassée, le recrutement de ses relations présentes. Plus tard, il apprit qu'elle recevait secrètement, et le matin, quelques-unes de ses amies du monde, restées fidèles malgré les préjugés que professe l'hypocrisie des salons pour les fautes déclarées. Élie apprit encore que Gérard avait déjà essayé d'introduire dans cet intérieur abandonné deux de ses anciens camarades. Mais ils avaient déplu à Claire par quelques-unes de ces imperceptibles fautes de tact, auxquelles les femmes sont rendues d'autant plus sensibles par les délicatesses d'une situation moins officielle. Elle en était donc arrivée à vivre dans le silence luxueux du petit hôtel, presque sans aucune sorte de société, car on pouvait à peine donner ce nom à trois personnes âgées, apparentées à elle de loin et pauvres, — une dame veuve et deux vieux garçons, — qui surgissaient une fois par semaine, vers l'heure du dîner. Quant à Gérard, il n'était pas besoin d'un grand effort d'observation pour constater qu'il appréhendait les monotonies du tête-à-tête. Sous un prétexte ou bien sous un autre, il sortait le plus souvent pour toute l'après-midi. Et Claire passait des journées entières enfermée dans le petit salon bleu qui devint bien vite le centre du monde pour Laurens. Avec l'espèce d'égoïsme naïf qui est celui de beaucoup de maris, —

égoïsme qui relevait dans la circonstance une estime justifiée pour la loyauté de Claire, — Gérard prit bientôt l'habitude d'utiliser les assiduités de son ami au profit de ses désirs d'indépendance : « Élie vous tiendra compagnie, » disait-il à Mme de Velde ; « vous êtes tous les deux de la race des chats... Vous vivriez immobiles dans un coin de la chambre... Moi, je suis comme les lévriers, il faut que j'aille et que je vienne... » Claire inclinait la tête sans répondre ; Élie s'excusait, puis il restait. Sa volonté n'avait pas de force contre la séduction de la présence de cette femme. Ce qu'il y avait de particulièrement irrésistible en elle, c'était une magie d'influence intimement douce qui captivait plus qu'elle ne troublait, une suavité continue et enveloppante des attitudes et des gestes. Elle ne faisait pas un mouvement qui fût plus vif qu'un autre, et cette lenteur de tout son être produisait un effet d'harmonie que reflétait toute la physionomie du petit salon. Depuis les fleurs sans cesse renouvelées qui garnissaient les menus vases posés de-ci, de-là, jusqu'au rangement des livres de la bibliothèque basse, jusqu'à la disposition de quelques boîtes de laque sur les tablettes d'une mince vitrine du siècle dernier, tout, dans cet asile qu'une lumière atténuée par le store baissé colorait tendrement, s'accordait au caractère de la douce recluse. Sur le piano posé de façon transversale, les cahiers de musique étaient ouverts. Le feu brûlait dans la cheminée d'une flamme égale, et presque toujours Claire était assise à la même place, auprès de ce feu, sur une chaise longue garnie d'une soie ancienne d'un rose mort et glacé d'argent. Ses pieds un peu longs posaient sur un coussin. Des coussins encore soutenaient par derrière ses épaules qu'elle avait plutôt hautes et carrées qu'effacées et tombantes, — mais ces jolis défauts donnaient à sa personne ce rien de gaucherie, cette grâce spéciale qui plaisait en elle plus que la perfection de formes d'une autre. Elle travaillait à quelque ouvrage de broderie, ou bien elle lisait. Mais qu'elle piquât du bout de son dé en or l'aiguille à tapisserie dans le canevas monté sur son métier, ou qu'elle fît glisser la lame du couteau d'écaille noire entre les pages de son livre, toujours ce même rythme lent et doux de ses moindres mouvements révélait une créature de silence et de rêverie, qu'une méditation ininterrompue semblait devoir préserver de tout contact avec les brutalités ou les vulgarités de la vie.

Tout d'abord, entre Élie Laurens et elle, cette solitaire tendit comme un voile de réserve que le jeune homme n'essaya pas de soulever. Elle ne lui donnait la main ni à son arrivée ni à son départ, et, s'il laissait tomber la conversation, elle ne la relevait jamais. Élie Laurens lui sut gré d'être ainsi, comme il lui sut gré plus tard de se départir de cette réserve. Il ne cédait pas seulement à l'illusion de l'homme qui trouve dans chaque détail une raison nouvelle d'aimer davantage ce qu'il a commencé d'aimer. Mais dans la situation si délicate où Claire se trouvait engagée, n'était-ce pas un signe de distinction d'âme qu'elle redoutât une intimité improvisée et qu'elle en pût admettre une éprouvée ? C'est ainsi que, notant toujours avec un soin jaloux les plus infimes indices, Élie put observer que, durant les semaines de début de cette intimité, Claire le recevait en toilette de ville et comme prête à sortir, même lorsqu'elle devait passer la journée au logis. Plus tard, au contraire, et quoique par une convention tacite elle attendît sa visite, il la trouvait dans une robe faite pour la chambre et ses pieds chaussés de petits souliers. Et il ne savait dans quel costume elle lui plaisait davantage ; car, avec sa robe de sortie un peu courte, ses minces bottines garnies de drap sombre et boutonnées de larges boutons de nacre noire, elle avait ce qu'il appelait dans sa pensée la totalité, — cette charmante et vivante allure d'une femme qui ne fait qu'un avec ce qu'elle porte, et par moments c'étaient des jeunesses de tournure et de visage qui donnaient à cette Parisienne de plus de trente ans comme un air charmant de pensionnaire en liberté ; au lieu que dans la robe de chambre plus longue, surtout si elle en enroulait la traîne autour de ses pieds, elle apparaissait grandie encore, ayant un je ne sais quoi de serpentin, d'inquiétant et d'alangui dans l'interminable ligne de son corps. Mais, dans l'une ou dans l'autre de ces toilettes, elle demeurait la femme simple, chaste, réservée, si réservée qu'il paraissait impossible qu'elle n'eût pas traversé le monde en hermine, — irrépro-

chablement blanche et pure. L'idée qu'elle se trouvât dans une situation irrégulière s'en allait de l'esprit lorsqu'on approchait d'elle, comme aussi l'idée, lorsqu'on la voyait aux côtés de Gérard, qu'un lien coupable pût les unir.

Et c'était bien là l'insoluble et passionnante énigme qui s'imposait à la réflexion d'Élie, surtout dans le trajet de la rue Barbet-de-Jouy à la rue de Balzac, — trajet qu'il prit l'habitude, après un certain temps, de faire jusqu'à six fois par semaine et toujours aux environs de quatre heures du soir. Ce ne fut point de sa part un calcul, bien que Gérard Lairesse, lorsqu'il rentrait lui-même et trouvait là son ami, ne manquât jamais de le prier à dîner et à passer la soirée. Non; mais avec l'intuition poétique, familière aux délicats blasés, Élie Laurens avait senti, plus qu'il ne l'avait observé, que Mme de Velde était une personne de fin d'après-midi. Pour toutes les femmes, en effet, ne se rencontre-t-il pas une heure de la journée, instant fugitif où leur beauté s'harmonise avec la couleur et, pour ainsi dire, l'âme des choses ? Il en est de rieuses et de gaies dont la mutinerie folâtre est plus délicieuse le matin. Il faut vivre avec celles-là dans la familiarité de la vie de campagne ou au bord de la mer, et c'est dans quelque chevauchée sous le soleil encore montant qu'un homme qui les aime goûte davantage leur charme heureux. Il en est d'autres, d'impériales et de triomphantes, auxquelles convient l'éclat des fêtes de nuit, et dont la royauté éclate plus entière dans la magnificence des grandes toilettes, parmi les lustres et les fleurs, les diamants et les épaules nues. La grâce de Claire, délicate, un peu grave et pourtant si touchante, séduisait plus encore dans la demi-clarté du crépuscule commençant. Elle appuyait son front sur sa main, s'abandonnait un peu en arrière parmi les coussins de la chaise longue, et avant que le domestique n'apportât les petites lampes anglaises à globes rosés et bleuâtres, elle parlait d'une voix adoucie et profonde. Il lui arrivait alors de prononcer de ces phrases singulièrement vagues et tristes, où l'imagination de l'interlocuteur pouvait deviner quelque confidence dissimulée sur des souffrances dont elle ne se plaignait jamais... Oui, c'était ainsi, les yeux perdus, la bouche rêveuse, moins sûre d'elle-même et plus languissante, avec une agonie de la lumière autour d'elle, que Laurens la revoyait, lorsque, par les temps secs, il venait de pied le long de cette esplanade des Invalides où il avait rencontré Gérard. Elle était si voisine et si lointaine déjà, cette rencontre ! Et, comme il arrive aux amoureux, machinalement il associait l'image de Claire à chaque détail de son chemin. Cette esplanade obscure, qu'il l'avait traversée de fois à une époque où Mme Audry était encore libre ! Quelle mystérieuse destinée l'avait d'abord éloigné, puis rapproché de cette femme ?... Une minute, il

s'arrêtait sur le pont, il regardait la Seine couler verte et froide, et sur le fleuve laborieux les remorqueurs tirer à grand renfort de vapeur, le long de la chaîne de touage, les énormes bateaux pleins de charbon. Au loin, à gauche, les deux tours du Trocadéro montaient, grêles, dans le ciel clair ; les arbres des Tuileries, à droite, se fondaient dans le ciel plus sombre. Il éprouvait une volupté, à la fois sentimentale et sensuelle, à se ressouvenir, devant le travail glacé de la vie en plein air, de l'étroite et tiède retraite où la jeune femme l'attendait. Il prenait par la rue François Ier maintenant, large et longue, et il pouvait, dans la demi-solitude de cette allée paisible, faire et défaire en toute liberté le plan de sa conversation avec Mme de Velde. Il traversait alors l'avenue des Champs-Élysées, fourmillante de voitures, et il jouissait de ce contraste avec le provincial silence de la montée de la rue de Balzac. C'est la félicité des secrètes, des inconscientes tendresses, que cette expansion de la rêverie sur tous les objets. On n'aime jamais mieux qu'aux heures où l'on ignore qu'on aime. Triste vérité, qui nous montre une erreur de notre âme impuissante dans tout effort vers la passion complète ! Mais il en est de l'amour comme des petits enfants. Vainement voudrait-on les garder dans l'innocente mignonnerie de leurs premiers sourires. Il faut qu'ils grandissent. Il faut qu'ils nous fassent souffrir. Il faut qu'ils nous quittent...

Un jour qu'il était arrivé ainsi rue de Balzac à cette heure incertaine qu'il aimait entre toutes, Laurens ne trouva pas de domestique pour l'introduire, quoique la cloche du concierge eût annoncé sa venue. La porte de l'appartement de Mme de Velde était ouverte. Il entra. Il frappa doucement avant de pénétrer dans le petit salon ; aucune voix ne lui répondit. Il ouvrit cette seconde porte et il aperçut Claire, qui ne l'avait pas entendu. Elle était assise dans la pénombre, au coin du feu, les mains croisées sur ses genoux, dans une attitude qui exprimait un abattement sans mesure. Il y avait dans la pose de cette femme, qui n'é-

tait plus toute jeune, et qui, vêtue de blanc comme on imagine les fantômes, regardait devant elle, par cette après-midi finissante d'hiver, les flammes de la cheminée où elle semblait suivre l'écroulement d'une chère, d'une ancienne espérance, — il y avait, dis-je, quelque chose de cruellement, d'irrémédiablement lamentable et navré. C'était comme la totale abdication d'un pauvre être vaincu. Et cette expression de désastre intime contrastait si fort avec l'ordinaire mutisme de cette figure fière, que le jeune homme en fut ému jusqu'à la douleur. Il marcha vers elle d'instinct, et il lui prit la main : — « Vous souffrez ?... » fit-il. Elle releva la tête et lui montra un visage décomposé. Il en fut si touché, qu'involontairement son cœur se serra et que deux grosses larmes vinrent à ses yeux, — de ces larmes d'homme que les femmes aimantes ne voient jamais couler sans avoir le désir de les boire en un baiser. Elle le regardait, et, comme elle ne se dominait plus, elle se laissait voir jusqu'à l'âme. Une ineffable reconnaissance émana d'elle, et redevenue calme : — « J'avais une mauvaise heure, » dit-elle ; « qui n'en a pas ? Mais vous voici, et tout cela va se dissiper... Je vous garde, » ajouta-t-elle, lorsque le domestique entra, portant les lampes. « Gérard ne sera pas là pour dîner, et c'est une charité de ne pas me laisser seule ce soir... » Élie accepta, et, soit que la pitié dont il avait donné une preuve si évidente eût profondément remué Claire, soit qu'elle fût, ce soir-là, sous une de ces influences nerveuses où l'angoisse soudain se résout en délices, comme une femme nouvelle apparut au jeune homme. Par une subite métamorphose, elle se laissait aller à redevenir la rieuse, l'expansive, l'enfantine personne qu'elle avait dû être en des époques plus heureuses. Elle causait, et ses regards brillaient. Elle se levait, et une grâce souple révélait que, derrière son habituelle froideur, une créature de caressante tendresse était dissimulée. Elle regardait, et comme un fluide nageait dans ses prunelles d'ordinaire muettes. Pour la première fois elle aborda dans la conversation cet éternel sujet de l'amour, auquel il semble que l'entretien doive nécessairement aboutir même entre l'homme le plus scrupuleux et la femme la plus pudique, pour peu qu'ils soient en confiance... Le dîner était fini. Au dehors le vent soufflait. Ils étaient seuls, et, après avoir parlé des déceptions inévitables de ce douloureux et perfide amour, Claire disait que l'amitié du moins ne mentait pas. Elle disait que sa chimère avait toujours été de rencontrer, non pas une amie, mais un ami, parce qu'il y a trop souvent dans la nature de la femme de l'indécis et de l'incertain, tandis qu'une âme d'homme peut si bien réunir une loyauté de frère à une délicatesse de sœur. Avec un regard d'une sincérité si émue que toute nuance de coquetterie en était absente, elle demandait à Élie s'il ne croyait pas à la possibilité d'une telle amitié, pourvu que la femme fût entièrement vraie et l'homme supérieur à ce faux amour-propre qui transforme en un combat les rapports entre les deux sexes. Elle ajoutait, revenant sur elle-même et comme hantée par de tristes images, que c'était une grande misère de voir comme on se méconnaissait les uns les autres dans cette existence si courte, et que l'on se fît tant souffrir avec des malentendus. Puis, ingénument, et avec la candeur d'une jeune fille qui parle comme elle pense, elle interrogeait Élie : « Est-ce que vous ne voulez pas être mon ami ?... » disait-elle. Et il répondait : — « Il y a si longtemps que je le suis à votre insu... » Il lui racontait le souvenir qu'il avait gardé d'elle, — et les heures de cette soirée fuyaient légères. Ils étaient tous les deux dans cette divine minute où deux êtres, faits pour se rendre heureux, se découvrent soudain, et ne voient l'un de l'autre que leur manière de sentir, sans se rendre compte de la conséquence de cette découverte. Pas une seconde, durant cette soirée de songe, Élie n'eut l'impression qu'il avait devant lui une femme qui pût en effet lui être autre chose qu'une sœur. Ce qu'il y avait, dans sa nature, de féminin, d'un peu alangui et blasé, le rendait merveilleusement propre à jouir de ces demi-teintes qui sont l'aube de l'amour partagé, -- et c'est seulement à la rentrée de Gérard qu'il s'aperçut du terrible chemin que Claire et lui venaient de parcourir. Lairesse arrivait, lui aussi, avec un reflet de gaieté dans les yeux. Il avait dîné en compagnie de quelques amis et passé deux heures au théâtre. Tandis qu'il racontait sa soirée, Élie regardait Claire, dont le visage s'était de nouveau éteint et altéré. — Quant à lui, une

puisse leur parler d'amour. — « Non, elle m'aime, elle m'aime, » se disait Élie en se rappelant la transfiguration du visage de Claire lorsqu'elle l'avait vu pleurer sur sa peine à elle... A chacune de ces volte-face de sa pensée une résolution différente correspondait. Tour à tour il décidait de ne plus retourner rue de Balzac, d'avoir une explication avec Gérard, de poser une question définitive à Claire... Il finit par s'en tenir au parti qui ménageait à la fois ses remords à l'endroit de son ancien camarade, son besoin de la présence de Mme de Velde et ses incertitudes sur les sentiments de cette femme énigmatique. Il se dit qu'il se conformerait de point en point au programme d'amitié — sans autre nuance — qu'il avait accepté avec tant d'émotion ; et, pendant plusieurs nouvelles semaines, il se tint parole, non sans d'indicibles et profonds bonheurs, car le changement marqué des façons de Claire à son égard lui fut d'abord une douceur qui lui suffit presque entièrement. Puis, cette douceur diminua par degrés pour céder la place à des troubles profonds. Ce fut d'abord la jalousie qui le mordit de nouveau à la place malade de son imagination, — jalousie causée par la seule présence de Gérard. Ce n'était pas que ce dernier eût jamais usé de ses droits pour manifester le moindre mécontentement de l'intimité d'Élie et de Claire. Il était plutôt à cet endroit d'une indifférence qu'un observateur misanthrope eût attribuée à une secrète complicité. Élie Laurens sentait, lui, le contraire. Il avait maintenant assez complètement étudié les étranges relations qui unissaient ces deux êtres, pour connaître les véritables sentiments de son ami. Dans sa liaison avec Mme de Velde, Gérard se trouvait à ce point où un homme qui tient à sa propre estime demeure attaché par devoir à la femme qu'il a compromise irréparablement. Tandis que dans des crises de ce genre, les hommes irrésolus et faibles, comme l'Adolphe de Benjamin Constant, se vengent sur leur maîtresse, en la torturant, de la fidélité qu'ils lui gardent, les côtés virils du caractère de Gérard se manifestaient par une attitude chevaleresque. Il mettait un point d'honneur à environner Claire de tout son respect, et il s'en fût voulu d'un soupçon envers elle comme d'une flétrissure personnelle. Élie, qui n'aurait point pardonné à Gérard une intrusion dans ses sentiments pour Claire, ne lui pardonnait pas cette générosité. Avec l'étrange logique propre aux amoureux, il haïssait l'indifférence de son ami, comme il eût haï sa défiance. C'est que, dans les deux cas, la certitude s'imposait à lui, toujours plus douloureuse, du pouvoir de Gérard sur Claire. Mais surtout c'était la grâce adorable de cette femme qui lui infligeait une souffrance constante. Sans se rendre compte de l'imprudence de cet abandon, et confiante dans le pacte de délicatesse qu'ils avaient conclu, elle laissait Élie prendre sa main et la baiser longuement. Quelquefois, avec un geste de sœur, elle flattait les cheveux du jeune homme. Sans paroles, elle lui souriait d'un sourire ému lorsque leurs yeux se rencontraient. Elle le baignait, elle le noyait des effluves de sa personne, et quand il la voyait avançant vers le feu son pied chaussé d'un bas de soie noire brodé de dentelles à jour, ou que, penchant sa tête en arrière, elle montrait mieux la grâce de son buste, des frissons couraient en lui. L'amour qu'il avait dans le cœur passait maintenant dans tout son être. L'homme physique et l'homme moral sont tellement unis et mêlés en nous, qu'en dépit de toutes les conventions et de tous les fermes propos, celui qui aime une femme, et qui la sent présente et vivante, en arrive à la fièvre du désir.

Et un éclair farouche passe dans les yeux de celui qui avait juré de n'être qu'un ami, tandis que dans les yeux de l'amie tremble une lueur de pitié triste et de crainte...

Une crainte ? Quelle crainte ? Ah ! c'est de Laurens, c'est d'elle-même, c'est de son passé, de son avenir, c'est de tout, que Claire avait peur. Un nouveau changement s'était fait dans ses manières, que le pauvre Élie, en proie aux imaginations désordonnées de l'amour sans certitudes, attribuait injustement, aujourd'hui, à une fatigue du cœur, le lendemain aux ordres de Gérard, un troisième jour à une passion combattue. Quand le malheureux jeune homme se présentait maintenant au silencieux hôtel de la rue de Balzac, il portait sur son visage ces stigmates des luttes intérieures si cruellement visibles aux regards de la femme tendre et qui reconnaît son œuvre. D'entrevue en entrevue, ces deux êtres sentaient davantage qu'une explication était nécessaire entre eux, et cependant l'un et l'autre semblait la fuir. On eût dit que, pour des raisons différentes, ils redoutaient tous deux la fin de cette angoisse. Plusieurs fois, pourtant, Élie voulut parler, la supplication muette des yeux de Claire l'arrêtait toujours. Plusieurs fois aussi, — surcroît de tourment à son tourment accoutumé, — il lui arriva de venir à l'heure habituelle et de trouver la porte close. Mme de Velde sortait maintenant l'après-midi. Mais où allait-elle? Après chacune de ces absences, le jeune homme remarquait dans son abord une sorte de fermeté mélancolique et douce qui lui faisait mal, car il se sentait comme tenu à distance par des yeux et un visage où il lisait une pensée qui n'était pas pour lui. Quelle pensée? Il n'aurait pas su le dire. Ce fut précisément au soir d'un jour où il était venu à cinq heures déjà, sans trouver Claire, qu'il ne put se retenir de s'écrier, après les premiers mots de conversation : « Comme vous m'avez rendu malheureux aujourd'hui!... » Ils étaient seuls encore, et dans ce même petit salon bleu dont la fenêtre était entr'ouverte. Le scintillement des étoiles d'une nuit de printemps palpitait au ciel, et l'arome des lilas en fleur dont le jardin était rempli montait dans la chambre par douces bouffées. Il y a des minutes de félicité tendre de toute la nature, où la plainte monte au bord du cœur comme les larmes au bord des yeux. Tandis que Laurens prononçait cette phrase de demi-reproche, Claire se tenait debout auprès de la fenêtre. Elle ne répondit pas. Ce silence blessa Élie, qui continua : « Si ce n'était qu'aujourd'hui!... Mais c'est tous les jours, toutes les heures, que je souffre pour vous... Et l'on croirait que vous ne vous en doutez même point... Est-ce que vous ne voyez pas que je suis au bout de mes forces?... Est-ce que vraiment vous ne le voyez pas?... » Il parlait dans tout l'égoïsme de la douleur irritée, et sa voix était devenue dure, et dans toute sa personne montait cette colère agressive qui pousse un homme, quand il aime trop, à torturer la femme qu'il aime, pour que, du moins, il ne soit pas seul à souffrir. Claire le regardait avec un accablement infini sur son visage, et elle dit, comme se parlant à elle-même : « Il fallait bien que cette heure aussi arrivât... »

— « Et vous allez vous poser en victime?... » continuait Élie tout à fait hors de lui-même. « Mais répondez-moi ! Êtes-vous juste de m'infliger ce supplice? Vous savez que je vous aime, cependant. Ne niez pas, vous le savez... Hé bien ! si vous ne m'aimez pas, du moins dites-le-moi, que j'aie le courage de vous fuir... Ne me laissez pas dans le tourment de cette agonie d'incertitude... Pourquoi m'avez-vous retenu auprès de vous, pourquoi ces marques de votre sympathie, si réellement je ne vous suis rien?... Que voulez-vous de moi, enfin?... »

— « Vous m'aviez promis d'être mon ami, » fit-elle simplement; et elle pâlissait de seconde en seconde. Son souffle se faisait plus court. Ses paupières battaient sur ses yeux dont l'iris s'agrandissait démesurément. Elle était mortellement troublée, et si belle! Et Laurens continuait : « Oui, j'ai promis, mais je ne connaissais pas mon cœur... Ah!... Si vous avez pour moi en vous quelque chose de tendre, dites-le... Non, n'ayez pas peur... Laissez-vous aller comme je fais maintenant. Regardez-moi, vous voyez que je vous parle avec tout ce qu'il y a de sincère en moi... Faites de même... » — et il l'attirait vers lui par un geste passionné, et elle ne se défendait pas. Sa tête, comme appesantie par

une émotion trop forte, se baissait un peu. Elle était si près de lui qu'il respirait le fin parfum dont sa toilette était imprégnée. Il prit à deux mains cette tête tremblante, et sur le bord de ses cheveux, à la place douce de sa tempe, il mit un baiser... Ce fut un effleurement des lèvres, une caresse à peine appuyée, mais qui fit jeter à Claire un léger cri. Elle s'échappa comme si une blessure venait de s'ouvrir en elle, et, le repoussant de ses bras étendus avec un geste d'horreur, elle disait : « Mais vous ne sentez donc rien, vous ne comprenez donc rien, que vous me traitez ainsi ?... » Les mots s'arrêtèrent sur sa bouche ; et il y put lire, comme sur une page écrite, la révolte de la femme fière pour qui le désir de sa personne est un affront insoutenable, et, par une volte-face soudaine de son cœur, il n'éprouva plus que l'immense regret de l'évidente douleur qu'il venait de lui causer, en même temps qu'il aperçut la possibilité de la perdre à jamais... « Pardon ! Pardon !... » s'écria-t-il comme un enfant ; et il tomba sur un fauteuil où il fut pris d'une de ces crises de sanglots que connaissent les seuls hommes que leur organisation nerveuse rend presque pareils aux femmes par les soudainetés maladives de leurs impressions. Mais elle, doucement cette fois, et revenue auprès de lui : « Ce n'est pas votre faute, Élie, » reprit-elle ; « j'avais fait un rêve impossible... » Elle était là, debout devant lui, plus blanche que les dentelles de sa robe du soir qu'il aimait tant, et, de ses yeux sombres, dont la noirceur était presque effrayante dans ce visage si pâle, elle le contemplait. Un apaisement s'échappait d'elle. De ses mains elle tenait les deux mains du jeune homme, et un magnétisme inexplicable de tendresse et de douceur sans trouble le pénétrait. Il eut la force de lui sourire... Combien de temps demeurèrent-ils ainsi tous les deux, dans cette attitude qui les rendait semblables au groupe d'une sœur aînée consolant un frère plus

jeune ? — Ils n'auraient su le dire. Ce fut elle qui la première rompit le charme, en lui disant d'une voix tout à fait altérée :

« Je ne me sens pas bien... Je suis brisée... Il faut que vous me laissiez seule, Élie... Obéissez-moi, si vous voulez me plaire... » Et il obéit... Il se leva, il prit congé d'elle comme les autres soirs... « A demain, » dit-il sur le pas de la porte. Elle baissa la tête et fit un geste de la main droite. — Qu'il devait la voir souvent ainsi dans ses songes !

Si étrange qu'eût été l'expression du visage de Claire à cette minute où le jeune homme se retournait avant de passer la porte, ce dernier emportait dans son cœur une évidence qui lui rendit presque douces les heures de la nuit suivante et de la matinée. Il aimait et il se savait aimé. Avec une force infinie d'espérance, et malgré tant de raisons de s'inquiéter, il étreignait en idée ces deux certitudes. Des visions de félicité passaient devant lui, dans lesquelles il maîtrisait le temps, l'espace et les circonstances. Il disait à Gérard les secrets sentiments du cœur de Claire, et, par délicatesse, Gérard s'effaçait. Claire devenait libre. Ils partaient ensemble vers les pays du soleil. Des horizons se développaient devant l'imagination d'Élie, tout composés de ciels clairs, de flots bleus et de villas fraîches parmi des palmes et des fleurs ; et ces ciels étaient lumineux comme un bonheur de toujours, cette mer infinie comme la tendresse d'une femme au grand cœur, ces fleurs et ces palmes gracieuses et parfumées comme les pensées d'un amant comblé. Puis le jeune homme rêvait encore d'un intérieur que Claire ornerait de sa douce présence, où elle passerait avec la grâce lente de ses gestes, avec le sourire ému de sa bouche, avec le regard caressant et noyé de ses grands yeux. Pas une seule appréhension des difficultés à vaincre ne troublait le charme de ce mirage, et cette griserie de l'attente s'augmentait encore à mesure que se rapprochait l'instant de la visite à la rue de Balzac... Deux heures venaient de sonner. Élie Laurens était à sa table, trompant sa délicieuse impatience par la lecture des quelques billets qu'il avait reçus de Claire, quand son domestique entra, portant une enveloppe dont la suscription le frappa aussitôt droit au cœur. C'était bien l'écriture de celle qu'il aimait. « Qui a remis cette lettre?... » demanda-t-il aussitôt, car il ne voyait sur cette large enveloppe ni timbre ni cachet de la poste : « Un commissionnaire qui est parti aussitôt, » lui répondit-on. Ses mains tremblaient. Il posa cette enveloppe — qui, à en juger par le poids et l'épaisseur, devait contenir plusieurs feuillets — sur sa table et à côté des autres. Oui, c'était bien l'écriture de Claire, ferme, un peu masculine et pleine, avec sa régularité droite et comme son air de loyauté. Élie comprenait que sa destinée tenait tout entière dans ce carré de papier que des doigts de lui bien connus avaient manié. Un cachet de cire sur lequel était empreinte l'image d'une hirondelle fermait la lettre. C'était lui qui avait donné cette pierre gravée à son amie, à la suite d'une causerie dont il se rappela tous les détails. Enfantinement et par une superstition d'amoureux, il baisa ce cachet, puis il ouvrit la lettre. Il y avait en effet plusieurs feuillets, — et à la tête du premier un mot qui fit tressaillir Laurens.

CONFESSION

Onze heures du soir.

« Quand vous recevrez cette lettre, mon ami, — ah! pardonnez-moi de vous le dire tout de suite, mais il faut qu'il en soit ainsi pour que vous lisiez ces pages comme je vous les écris, avec le sentiment de l'irrévocable, — il y aura entre nous des lieues et des lieues, et il y aura surtout ma volonté de ne plus jamais vous revoir. Vous serez, vous, à Paris, prêt à continuer une vie qui, malgré ce que vous en croirez au premier moment, à son avenir. Et, si vous pleurez à la lecture de ces lignes, ce sera de ces larmes qui soulagent, — larmes de guérison à travers lesquelles la douleur d'aujourd'hui regarde un lendemain d'espérance. Je serai, moi, bien loin de cette ville où je vous ai connu trop tard, cachée sous un faux nom dans un coin perdu, et j'achèverai une existence qui, du moins, sera délivrée de l'affreuse atteinte des fautes que j'ai pu prévoir, des remords que j'ai pressentis. C'est là une résolution que je vous supplie, que je vous ordonne de respecter. Mais pourquoi parler d'ordres et de supplications ? Lisez seulement jusqu'au bout ces feuilles où je veux me confesser à vous tout entière, et vous comprendrez, comme je le comprends, avec une évidence invincible, qu'entre vous et moi ma vie est dressée qui me défend de vous demander le bonheur. Ah ! Ma vie ! un dernier sentiment de femme me pousse à vous la montrer dans sa plus intime essence. J'ai besoin, au moment où je vous quitte pour toujours, de vous laisser de moi une image vraie, et qui me justifie même de vous quitter, — qui me justifie de tout le reste. Je sais que j'ai commis ce que la morale des hommes considère comme la plus coupable des fautes. A l'époque où j'ai fait ce que j'ai fait, ma tranquillité d'âme était absolue. Aujourd'hui je songe au jugement que vous pouvez porter sur moi. Je me dis que je ne vais plus être pour vous que le souvenir d'une absente sans retour possible, d'une morte à jamais disparue. Et j'ai peur. Il me semble que vous voyez des taches sur ma conscience, et, de ces taches-là, il faut que je me lave. J'ai connu des femmes dont le souhait suprême fut d'être parées avant qu'on ne les couchât au cercueil. Pourquoi l'amie qui meurt à vous n'aurait-elle pas cette coquetterie de sa tombe, — un peu pour elle et peut-être beaucoup pour vous? Je les tromperai ainsi, en pensant à vous plaire, ces dernières heures que je dois passer dans le petit salon où vous veniez, parmi ces meubles qui furent les témoins muets de nos longues conversations durant tant de soirs d'hiver. Être ici et vous écrire, c'est vivre avec vous une dernière fois, avec le vous des veillées douces, avec l'ami qui me comprenait et qui m'aimait comme je lui avais demandé de m'aimer. Non, Élie, ne voyez pas un reproche dans cette phrase. C'est la plainte d'une âme endolorie, mais contre la destinée, contre elle-même, non contre vous qui n'avez commis d'autre crime que de croire à la possibilité de me refaire un bonheur à force de tendresse. Vous allez sentir, comme je le sens, que c'était là un rêve insensé. Mais de ce rêve je vous suis reconnaissante jusqu'au fond de l'âme. Hélas! ce n'est pas pour vous avouer ces choses que j'ai pris la plume.

L'idée de votre peine domine à présent ma volonté... — Je viens de m'arrêter quelques minutes, je ne pouvais plus continuer. Me voici tout à fait calme. La lucidité s'est faite dans ma pensée. Mon désir de conquérir votre estime à jamais est si fort en ce moment que, par un étrange pouvoir de volonté, je ne tremble plus. Je le sens, j'aurai l'énergie de vous parler de moi comme d'une autre. Qu'un peu de cette énergie passe en vous pendant que vous me lisez !

« Mon ami, je ne vous raconterai ici ni mon enfance, ni ma première jeunesse. Ces deux époques ne furent marquées par aucun de ces événements d'âme qui sont pour une fille de quinze ans le présage d'une destinée romanesque. Cette enfance et cette jeunesse, vous les avez regardées, rendues vivantes et présentes à nouveau, dans le portrait qui me montre assise aux pieds de mon père et cherchant ses yeux avec mes yeux. Oui, c'est bien moi, cette enfant obéissante et douce, — c'est bien moi, telle que je me rappelle avoir été durant des années et des années. Je ne me souviens pas d'avoir eu, durant cette période, un accès de révolte ou de mécontentement. Comme les heures passaient, inaperçues, heureuses et calmes, dans notre appartement de la rue de Varenne, assez pauvrement meublé, car les meubles dataient de longtemps déjà, et je me rappelle avoir mis des années à m'habituer depuis au luxe moderne! Les hautes fenêtres donnaient sur un jardin aux grands arbres, dans lequel un promenoir avait été aménagé pour une dame âgée qui demeurait au rez-de-chaussée. Un domestique la voiturait, aux minutes de soleil, dans un petit chariot roulant. Je me revois, en ce moment même, par une bizarrerie de mon souvenir, le front appuyé contre le carreau et regardant la vieille dame avec une pitié attendrie. C'est au printemps, par une après-midi de lumière et de verdure ; mon père caresse mes cheveux nattés, et m'appelle sa petite sainte. C'était un nom bien beau pour une si jeune enfant. Il y avait pourtant chez moi une vertu par laquelle je n'étais pas trop indigne de cette gâterie de langage. Une vertu ? non, un simple instinct, mais réellement irrésistible, de droiture et de douceur. Agir d'après une règle acceptée et plaire à ceux que j'aimais était mon unique désir, et aussi naturel que celui de jouer et de songer. J'étais née avec un secret amour de l'harmonie intérieure, qui me faisait trouver un extrême et spontané bonheur à mettre en accord ce que je devais et ce que je faisais, mes affections et mes actions. Et surtout j'éprouvais une horreur innée du mensonge, qui allait jusqu'à la souffrance. Beaucoup d'enfants ont subi, ainsi que moi, une impression d'étonnement à la rencontre des premières tromperies officielles, — comme d'entendre leur mère ordonner au domestique de répondre aux visiteurs qu'elle n'y est pas, alors que réellement elle garde la maison. Par une douloureuse spécialité de caractère, ce genre d'étonnement ne s'en alla de mon esprit que tout à fait tard, et même ce ne fut jamais une complète acceptation. Les formules usitées dans le monde pour les discours et les lettres de politesse déconcertaient mes secrètes probités au point de me rendre habituellement silencieuse, et je passais pour un peu fière, quoique je fusse au dedans de moi profondément tendre et timide. Sans doute aussi dès lors les maladives, les solitaires susceptibilités de ma conscience étaient développées plus qu'il n'eût convenu pour mon bonheur, car les yeux de ma mère — des yeux noirs et tout pareils aux miens — me suivaient quelquefois d'un regard facilement inquiet, comme si elle eût eu peur de mes soudaines révoltes contre ce qui n'était pas une entière sincérité. C'était une femme d'une mélancolie singulière et qui demeurait des jours entiers dans sa chambre. Mon père hochait la tête et répondait à mes demandes un : elle a toujours été ainsi. J'avais plus d'abandon avec lui qu'avec elle, et je me le reprochais, tant le scrupule intime était vif en mon cœur. Ah ! mon ami, lorsque, par delà tant d'années écoulées, je revois la jeune fille que je fus alors, avec le beau rêve d'impeccable loyauté qui fut comme le roman moral de ma jeunesse, et lorsque je compare l'enfant de jadis à la femme que je suis devenue par l'exagération même de ce rêve, comment me consoler de n'avoir pas eu aux pieds de qui effeuiller ces lis de mon adolescence, — un ami comme vous à qui prodiguer ces trésors perdus ? Trop tard ! Trop tard ! Ce refrain passe pour moi dans la sonnerie plaintive de toutes les heures depuis quelques mois... Mais j'ai juré d'être courageuse.

« Mon existence paraissait donc toute tracée, et je comprends que si mon père et ma mère eussent vécu jusqu'à l'époque de mon mariage, je ne serais pas à vous écrire maintenant la déplorable et banale histoire de mes aspirations trompées. Ils moururent à peu de distance l'un de l'autre, et avant que j'eusse atteint ma dix-neuvième année. Je n'avais pas encore achevé de porter mes costumes de deuil, que mon oncle, qui me servait aussi de tuteur, m'avait fiancée à celui dont le nom était le mien au moment où vous m'avez connue. Pour que vous puissiez vous expliquer mon consentement, il faut que je vous avoue un état d'esprit que votre éducation d'homme ne vous permet peut-être pas de soupçonner. J'étais, à cette époque, aussi complètement ignorante qu'il est possible du véritable sens de ce mot : le mariage. L'extrême régularité du détail de ma vie de jeune fille, jointe à ce goût de la soumission qui faisait la marque dominante de mon caractère, m'avait même préservée de ces rêveries, innocentes et pourtant passionnées, par lesquelles la plupart des femmes s'élancent vers l'amour avant de le connaître. Je dois ajouter que mes lectures avaient été surveillées par ma mère d'une façon exceptionnellement sévère, qu'aucun jeune homme n'était admis dans notre intérieur, et que la santé chancelante de mes deux parents avait, pour ainsi dire, supprimé nos relations mondaines. Mon oncle me dit que j'épouserais M. Audry et je répondis que j'obéirais, — comme j'aurais fait pour toute autre injonction. En vérité, quand je pense avec quelle légèreté mon tuteur m'a conseillé, commandé presque l'acte qui devait décider de toute ma vie; quand je me souviens de la naïve inconscience avec laquelle j'envisageais cette union ; et quand je me répète qu'il en est ainsi la plupart du temps, je demeure confondue et désespérée. Comment des hommes qui, pour tout le reste des choses de l'existence, sont à ce point scrupuleux et délicats, se prêtent-ils de gaieté de cœur à l'infamie que représente quatre-vingt-dix-neuf fois sur cent un mariage du monde ? M. Audry m'avait demandée, parce que le million qui constituait ma dot était, comme on dit, net et liquide. Mon tuteur avait accepté, je dois le dire, parce qu'il était intéressé à l'avenir financier de M. Audry, qu'il commanditait de presque toute sa fortune. D'ailleurs, célibataire, il se jugeait incapable de veiller sur une fille de vingt ans. Et puis j'avais auprès de lui la renommée d'être la petite sainte. Claire sera heureuse partout et toujours, disait-il, — et il le croyait, pour s'excuser.

« Et j'aurais été, non pas heureuse, mais calme et contente. Malgré les misères du mariage sans amour, le sentiment du devoir formait si bien l'arrière-fond de mon âme, que je me serais paisiblement résignée à ma vie, si des circonstances inattendues n'avaient froissé en moi d'une manière inoubliable, et dès la seconde année de ce mariage, cette ferveur de loyauté, — religion mystérieuse de mon cœur d'enfant, de jeune fille et de femme. Je ne vous parlerais point de cet incident comme je vais le faire, librement, si le procès que M. Audry a dû subir, voici trois années, n'avait révélé au public une indélicatesse de conscience que je fus, bien longtemps, seule à connaître. Il faut aussi que je vous fasse comme toucher au doigt la nature de mes idées sur mon mari dans ces débuts de notre union, pour que vous sentiez mieux toute la force du coup dont je me trouvai frappée. Il y a dans M. Audry deux hommes très distincts : celui qu'il montre au monde, facile, communicatif, presque banal, gé-

néreux par tempérament et aussi par politique, — et l'autre, celui qui gagne de l'argent et fait des affaires, implacable, féroce, dénué de scrupule, insoucieux de tout, sinon du succès. Je ne connaissais que le premier de ces deux personnages, et lui ne connaissait de moi que la femme silencieuse et douce qu'il avait prise comme un objet maniable à sa fantaisie. Or, il arriva qu'un matin mon mari entra chez moi, et, tranquillement, mathématiquement, avec des chiffres à l'appui, les yeux aigus, la voix dominatrice, il m'expliqua qu'il lui fallait, et sur l'heure, quatre cent cinquante mille francs. Après des pertes énormes subies à la Bourse coup sur coup, il avait cru pouvoir réparer sa mauvaise chance en exécutant une spéculation frauduleuse sur les titres de la banque dont il était l'administrateur. Je pourrais vous raconter dans son moindre détail cette spéculation, car tous les termes dont M. Audry se servit ce matin-là étaient si précis qu'ils me sont demeurés dans la mémoire. Bref, il se trouvait menacé d'une réclamation et d'un procès, et une part de l'argent de ma dot pouvait acheter le silence de ses ennemis. Seulement, la teneur de notre contrat de mariage lui rendait ma signature nécessaire. Dans toute cette histoire, je n'aperçus aussitôt qu'un seul désastre, mais dont l'évidence fut pour moi foudroyante, à savoir que j'étais mariée à un voleur. Je regardais ce visage maintenant débarrassé de son masque de bonhomie, et le bandit m'apparut. Avec sa face rasée et le casque de ses cheveux courts, c'était un forçat que je crus voir devant moi. Les phrases qu'il me prononça pour se justifier, et qui exprimaient ses idées sur la morale de l'argent, son regard et le son de sa voix en les disant, les espérances de compensation prochaine qu'il fit luire devant mes yeux pour achever de déterminer mon consentement, — tout contribua à redoubler en moi le sursaut de ma première révolte. Et, lui aussi, reconnut dans la brusque métamorphose de mon visage une femme qu'il ne soupçonnait pas. Il eut peur, une minute, de la soudaine révélation de mon énergie d'honnêteté. Que lui importait, en définitive? Je donnai ma signature. Il était sauvé; — mais moi, sa femme, j'étais perdue. Peut-être, si j'avais grandi dans un autre milieu et de bonne heure soupçonné les compromis de conscience familiers à la société moderne, j'aurais pardonné à mon mari d'avoir passé à côté du déshonneur. Mais, je vous l'ai dit, je ne savais rien du monde. Un déchirement s'était fait dans mon être, à la pensée que j'étais unie pour toujours à un malhonnête homme. J'avais alors cette sensibilité de conscience virginale et pure qui ne pactise pas avec l'infamie. — Je suis la femme d'un voleur!... — Voilà ce que je me répétai depuis cette heure-là, et huit années durant, dans la solitude amère de mon âme. Pendant huit années, j'ai porté un nom qui me faisait horreur, partagé la maison et le luxe de quelqu'un que je méprisais. Pendant huit années, j'ai été la Madame Audry que vous avez connue, sérieuse et silencieuse, et qui semblait la statue vivante de la paix du cœur. Mais si l'on avait pu lire dans ce cœur, que l'on jugeait si résigné, alors qu'assise à la table de quelque dîner d'apparat je causais avec un voisin des mille objets de la conversation parisienne, certes on aurait eu peur d'y voir la moisson d'idées violentes, d'idées douloureuses, d'idées révoltées, qui s'y levait et y grandissait de jour en jour.

« A la lumière de mon expérience actuelle, je comprends ce que je sentais dès lors par mon instinct, que le plus dangereux malheur qui puisse frapper une créature jeune et passionnément éprise de sincérité, c'est d'avoir à souffrir de l'injustice. Cette injustice, que l'on subit naturellement, comme une représaille inévitable, quand on a l'habitude de la commettre soi-même, atteint l'âme jeune et qui aurait horreur de faire le mal, au vif et au fond de son être intime. Et si l'injustice dont cette âme est meurtrie a pour complice la société tout entière, cette épreuve redoutable peut modifier la conduite de toute la vie. Ce peu de mots contient l'histoire abrégée du drame moral qui se joua en moi, — drame mystérieux dont le monde a connu et condamné le dénouement. Le début de cette crise étrange date du lendemain de ce jour où j'acquis la conviction de l'infamie secrète de M. Audry. Nous avions déjeuné ensemble, comme d'ordinaire, et il sortait, léger, heureux, triomphant, pour retourner à ses affaires. Je ne sais pourquoi je le regardai monter dans son coupé, par une fenêtre de mon salon qui donnait sur la cour de notre hôtel. Le cheval piaffa et la voiture partit. Il me vint à la pensée que tout le décor de la vie de cet homme était un mensonge accepté par le monde, et, par un retour sur moi-même, je me dis que ma vie, à moi aussi, était maintenant et pour toujours un mensonge. Oui. J'allais vivre à ses côtés, partager son faux honneur, m'acquitter de mon rôle de femme de ce faux honnête homme, sans que rien de ce que je ferais pour remplir cette tâche haïssable fût conforme à mes désirs et à mes rêves. Et ce serait ainsi à jamais! Et je n'avais pas mérité cela! Je tournai et retournai cette terrible idée. Je m'aperçus condamnée par avance et sans trêve aux comédies de mes devoirs sociaux. Cette évidence subitement découverte de mon irrémédiable servitude aboutit d'abord à une résolution de renoncement qui était, certes, la sagesse. Je me jurai de traverser le monde et ma destinée, comme une religieuse traverse la cour de son couvent, c'est-à-dire repliée sur moi-même, sans rien demander à ce qui m'entourait et sans rien attendre du lendemain. Et, avec de la rêverie, avec des lectures, avec de bonnes œuvres, j'ai pu réaliser longtemps cet étrange Idéal d'abdication. Je m'habillais sans voir ma parure ; je parlais sans livrer ma pensée ; je souriais sans qu'une ligne de mon visage révélât ma détresse intérieure. J'étais une nonne voilée au milieu du luxe et des fêtes. Mais la nature, qui nous a donné une âme ardente et remuée, ne nous permet pas plus d'immobiliser les mouvements de cette âme que ceux de notre corps. Quelle que fût l'énergie avec laquelle je m'appliquais à me dominer, il y avait au fond de moi un désir de bonheur que je ne pouvais vaincre tout à fait, et qui éclatait, à de certains moments, en désespoirs intolérables devant les années de ma jeunesse qui passaient, passaient, sans rien m'apporter et pour ne plus revenir. Comme toutes les silencieuses, j'étouffais de sentiments contenus, et la tempête cachée se déchaînait avec une violence d'autant plus forte que je ne lui donnais aucune issue au dehors. J'avais appris, peu à peu, à mieux juger des choses, et je savais, pour les avoir devinées ou pour en avoir reçu la confidence, bien des secrets de bien des personnes. Que de fois, au cours d'une soirée, il m'est arrivé de surprendre dans les yeux ou dans le sourire d'une femme de mon âge, avec laquelle je causais, les traces, pour moi si reconnaissables, de quelque félicité clandestine ! Elle a vu celui qu'elle aime, aujourd'hui, pensais-je. Ou bien encore, derrière la tristesse morne de certains regards, derrière des pâleurs douloureuses et mises sur le compte de fausses migraines, je devinais une de ces catastrophes intimes, qu'il faut taire et dont on se sent mourir, — cruelle rançon des ivresses coupables. Quelque chose, en moi, protestait invinciblement contre l'hypocrisie de ces femmes, et je ne pouvais pas comprendre que leur cœur ne saignât point à voir leur amant assis auprès de leur mari, à subir le tutoiement officiel de ce mari, tandis que l'homme auquel elles appartenaient dans le mystère de leur conscience, leur disait : Vous. Mais aussi comme, en les plaignant de cette honte, je les enviais parfois de vivre, de dépenser les richesses de leur cœur, d'être malheureuses même, — au lieu que je me comparais, dans ma pensée, à un cadavre habillé par le couturier à la mode. Une mélancolie s'emparait de moi, à la suite de ces crises, indéfinie et inguérissable. Cette société dans laquelle je me trouvais prise se montrait à moi comme une immoralité organisée. N'infligeait-elle pas à tous les êtres, sous une forme ou sous une autre, le martyre dont j'étais victime ? Elle leur disait de tromper pour être heureux, ou de renoncer à toute espérance. A la minute où je vous écris, je revois des fins d'après-midi, à Paris, où je demeurais seule dans ma chambre, couchée sur une chaise longue, tandis que les contours des objets s'effaçaient lentement. Ç'a toujours été pour moi l'heure amère. Je me surprenais à verser des larmes silencieuses sur moi-même, comme ma mère en avait pleuré dans son agonie. D'autres fois, c'était au bord de l'Océan, aux belles heures des beaux matins du mois de juillet. La mer était bleue, les voiles blanches, la fête de la vie éparse sur l'eau et dans le ciel. Par les fenêtres de ma villa de Trouville, je regardais cet horizon, — et j'étais plus seule qu'une veuve !

« Commencez-vous d'entrevoir, mon ami, quelles résolutions singulières pouvaient naître dans cette âme, à la fois simple

et romanesque, dans l'intimité de laquelle j'essaye de vous introduire ? J'en étais là de mon malaise intérieur, lorsque je connus Gérard. Pardonnez-moi la souffrance que je vais vous causer, mon doux et noble Élie ; je touche à cette inguérissable plaie de la jalousie du passé, et je la sens qui saigne dans votre pauvre cœur. Hélas ! Si je n'avais pas à me justifier de ce qui a pu vous rendre jaloux, vous écrirais-je cette confession dans laquelle je mets pour vous toutes les tendresses qu'il ne me sera plus permis de vous prodiguer ? Laissez-moi vous dire pourquoi j'ai été faible alors, comme je vous dirai pourquoi je suis forte maintenant. Gérard m'aima, et il me le dit, après des mois et des mois de ces respects infinis qui sont, pour nous autres femmes, la plus éloquente des protestations. Ne nous démontrent-ils pas que nous rencontrerons chez celui qui en est capable un constant souci de ne pas abuser de son empire sur nous, si jamais nous le faisons le maître de notre destinée ? Dans l'état de révolte exaltée et continue où je me trouvais, je fus d'autant plus sensible à la passion de Gérard, que la première vertu de son caractère était justement celle dont j'étais éprise jusqu'au fanatisme. Vous le connaissez, et vous savez, comme moi, qu'il est loyal d'une loyauté qui se fait jour à travers les plus minces détails de la vie. Je voyais ses traits s'altérer chaque fois qu'il lui fallait causer avec mon mari, bien qu'il n'y eût d'autre lien entre nous que son sentiment pour moi, et qu'à ses aveux j'eusse répondu par les phrases les plus décisives. Si exceptionnelle que doive vous paraître l'histoire de mes sentiments, je me suis juré de vous la dire tout entière. L'origine de ma sympathie profonde pour celui qui a joué un rôle si essentiel dans ma vie, remonte à la soirée où je surpris cette douleur sur son visage au contact de main de M. Audry. La similitude secrète de mes plus intimes sensations avec celle-là fit de Gérard pour moi une personne à part dans l'univers, l'unique à laquelle il me plût de penser habituellement. J'en vins à le considérer comme le seul être vrai que j'eusse rencontré dans cette société de mensonge. Je m'accoutumai à parler avec lui en lui montrant la femme que j'étais réellement. Il devint l'ami préféré, l'ami intime, celui sur la tête duquel je reportai tout l'attachement d'un cœur qui ne tenait plus au monde que par la souffrance. Il me fut aussi nécessaire que le reste des hommes m'était odieux. Pour la première fois, je sortis du désert moral où j'avais langui si longtemps. Enfin je l'aimai, ou je crus l'aimer, et sous l'influence de cette passion grandissante j'en arrivai au rêve d'une existence nouvelle. Ah ! si vous trouvez de la pitié en vous pour les sanglots et les efforts de la créature jeune qui ne veut pas mourir, vous n'aurez pas la cruauté de condamner ce qui fut la suprême tentative d'une âme à l'agonie vers la tendresse et le bonheur.

« Je finis par me demander, dans la longue suite de mes réflexions personnelles, pourquoi je n'essayerais pas de réparer le désastre mystérieux de ma destinée. Je me répétai que j'étais insensée de ne pas saisir une occasion offerte de refaire ma vie par un véritable amour, à un âge où ma jeunesse n'avait pas fini de fleurir. Encore quelques années et il serait trop tard. Entre Gérard et moi, et pour aller à lui, quelles barrières rencontrais-je ? Tous les préjugés ; mais, en mon âme et conscience, pas un devoir, — si ce n'est celui de ne pas mentir. Mais, que mon mari eût des droits réellement justes sur mon être, — lui qui m'avait choisie, je le comprenais maintenant, pour manier au besoin le million de ma dot, lui que le monde respectait et honorait, mais non pas moi, — je n'admettais point cela. Encore aujourd'hui je ne l'admets point. Je ne me trouvais obligée envers personne que Dieu et moi-même, et ma piété première s'en était allée à travers mes tortures intimes. Je me disais qu'il n'était pas possible qu'un Dieu équitable eût mis en moi le désir d'aimer et d'être aimée, de donner le bonheur et de l'éprouver, uniquement pour que je ressentisse plus cruellement la mutilation de ce meilleur de moi... Que restait-il donc? Le besoin de m'estimer moi-même, et cela seul. Ce que je vous ai dit de mon exaltation de solitaire vous apparaîtra clairement quand je vous aurai avoué que l'opinion du monde ne pesa pas une minute dans la balance, et, pas une minute non plus, le respect de la convention du mariage. A tort ou à raison, je ne reconnaissais d'autre juge que ma conscience. Et ma conscience me commandait de ne pas mentir; elle ne me commandait pas de tenir un engagement que j'avais contracté sans le comprendre, envers un homme que je n'avais pas vu tel qu'il était. Ah! plutôt que de trahir celui dont je portais le nom, plutôt que de jouer la triste comédie de l'adultère clandestin et d'en accepter toutes les misères, les horribles compromis, les partages hideux, je fusse morte. Mais, s'il n'y avait plus ni comédie, ni compromis, ni partages? Mais si Gérard et moi nous avions l'énergie de rompre avec cette société hypocrite, de nous donner l'un à l'autre ouvertement, d'unir nos libres volontés et nos destinées, quitte à subir toutes les conséquences de cet acte, où était la faute?... Je ne la voyais point, et c'est ce que je proposai moi-même à Gérard, lui offrant toute ma vie en échange de la sienne, à la suite d'une de ces luttes intérieures desquelles on sort capable de transformer d'un coup son existence; car on descend alors jusqu'au fond du fond de son être, jusqu'à l'âme de son âme... Je dois rendre cette justice à Gérard qu'il accepta ma proposition avec une ivresse qui me fit chaud au cœur. Que serais-je devenue, après une telle démarche, si j'avais vu passer dans ses yeux cet éclair de l'hésitation qui prouve à une femme qu'elle s'est trompée sur le sentiment qu'elle inspire? Hélas! il eût mieux valu, peut-être, pour lui et pour moi, que nous fussions pareils, lui, aux coureurs d'aventures qui aiment une femme du monde en hommes du monde, et moi, aux audacieuses qui savent tenir le livre de leur cœur en partie double! Et pourtant, ce n'est pas d'avoir rompu en visière aux idées reçues que je suis triste, — triste à mourir, tandis que je repasse par le souvenir ces heures d'une lutte qui fut aussi héroïque par certains endroits qu'insensée par d'autres... Mais ce qui a été une fois est pour toujours.

« Un simple détail vous montrera mieux que toutes les phrases à quel diapason d'énergie intime j'étais montée. Quand notre résolution fut prise, je suppliai Gérard de partir le premier, et de m'attendre en Angleterre. Et savez-vous ce que je méditais ? M'en aller de mon hôtel comme une criminelle, et en me cachant, me paraissait odieux. Je voulais, avant mon départ, avoir un entretien avec mon mari et lui annoncer en face ma résolution. Il me semblait que cela me soulagerait, de lui dire mes douleurs, mon mépris et mes espérances. Hélas encore ! Il me fallut renoncer à ce projet, rien qu'en étudiant, dans le Code civil, les articles relatifs à mes droits et à ceux de M. Audry. Quelle journée de colère je passai en tête-à-tête avec le petit livre où j'apprenais — car mon ignorance était celle d'une enfant — que mon mari pouvait me contraindre par la force à vivre sous son toit ; — qu'une demande en séparation de corps m'était interdite, puisque je n'aurais à articuler contre lui aucun des griefs mentionnés par la loi. Il n'avait commis sur moi aucuns sévices. Il n'avait été condamné à aucune peine infamante. Et si, depuis des années, il entretenait une maîtresse, ce n'était pas dans la maison commune. Un animal traqué n'a pas au cœur une rage plus féroce que ne fut la mienne, à mesure que je retrouvais dans ce code d'injustice les traces de l'égoïsme implacable des hommes, qui nous ont liées, nous autres femmes, d'un lien de fer. Mon enfantine indignation eut du moins cet effet, de détruire en moi tout vestige, s'il en restait encore, des préjugés sociaux. Je m'en allai de la maison de M. Audry, frémissante mais fière, en secret, mais avec l'orgueil d'agir ainsi parce que je ne pouvais pas agir autrement. Et lorsque le paquebot qui m'emportait vers Douvres fendit les lames, que je vis la côte anglaise

plar cottage, à cause des sveltes peupliers de son jardin, était située à cinq cents mètres de la mer, à l'extrémité d'un de ces ravins que les habitants du pays nomment des *chine*, et dans lesquels la verdure pousse comme en pleine terre, malgré le voisinage de l'Océan. Je ne peux pas vous raconter l'histoire des deux premières années de cet exil volontaire. Dans toute intimité de cet ordre, ce qu'il y a de particulier ne se dessine qu'au moment où les deux créatures qui se sont liées l'une à l'autre, pour le meilleur comme pour le pire, ainsi que disent les Anglais, commencent à regarder leur caractère. Il y a dans les débuts de toute passion, surtout lorsque ces débuts ont été environnés de circonstances romanesques, comme un étourdissement du cœur. C'est à l'instant même où cet étourdissement s'achève, que la question de l'avenir se pose. A cette minute précise, on se juge l'un l'autre. On se pénètre. Les différences de nature, dissimulées dans la première ivresse, se montrent à plein. Et il arrive qu'on se réveille du plus beau des songes, comme nous fîmes, Gérard et moi, avec la tragique évidence d'une erreur, cette fois irréparable. Oui, mon ami, sans secousse aucune, sans une seule de ces scènes atroces où l'on déshonore tout un passé d'illusions par des mots et des regards inoubliables, sans que rien fût changé à nos habitudes quotidiennes, nous en étions venus, vers le commencement de la troisième année de notre séjour, à la conviction fatale qui se résume dans ce mot si simple et si navrant : nous nous sommes trompés. C'était un fait, lucide pour chacun de nous comme le ciel et le jour, que nous ne nous remplissions pas le cœur l'un par l'autre, que nous ne nous suffisions pas. Il était, lui, ce qu'il est encore, et c'est aussi la cause pour laquelle je le sais consolé à l'avance de mon départ, un homme formé par la nature pour l'action utile et positive. De l'homme d'action, il a toutes les qualités maitresses : la droiture et la volonté, la netteté des vues et la persévérance. Bien qu'il employât un constant effort à me dissimuler ses secrets sentiments, j'étais trop intéressée à lire dans son cœur l'avenir de notre intimité pour ne pas constater qu'il s'établissait en lui une langueur et une dépression. Il n'était pas malaisé d'en discerner le motif : Gérard s'ennuyait, tout simplement. La résolution qu'il avait prise, en brisant pour moi sa carrière et sa vie française, avait circonscrit d'une façon singulière le champ de son activité. Toute ambition lui était interdite désormais, et toute lutte. Il sentait cela, mais sans peut-être se l'avouer à lui-même, car je lui dois ce témoignage que je ne surpris jamais sur son visage ces vestiges des débats intérieurs qui font dire à une femme avec tant d'angoisse : Il a pensé à moi, mais sans m'aimer. Qu'a-t-il pensé ?... Non, ce fut chez lui une sorte d'abattement, d'autant plus irrémédiable qu'il semblait inconscient. Le pire était que je subissais, moi aussi, une crise analogue. Je ne trouvais pas non plus dans cet amour la nuance de sentiment que réclamait mon cœur. Avec ses mérites de franchise, de noblesse et de bonté, Gérard manque d'imagination et, pour tout dire, de poésie. L'étrange solitude de ma jeunesse avait au contraire affiné maladivement en moi le sens du romanesque et le goût de la rêverie. J'avais besoin d'une tendresse dont l'empreinte se posât sur les moindres détails de l'existence commune. Mon être se crispait à la plus légère froideur, et tout m'était froideur qui n'était pas continuelle prévenance, enveloppement de chaque seconde, caresse de l'âme. Je ne me serais épanouie que dans une atmosphère d'affection toujours vibrante. Comme toutes les personnes qui ont beaucoup vécu en tête-à-tête avec elles-mêmes, c'est par les silences que j'étais heureuse ou malheureuse, et j'en arrivai bientôt à voir dans les silences de Gérard l'affreuse vérité : — je n'étais plus aimée que par devoir.

« Vous avez connu notre intérieur, Élie, et vous avez vu le résultat suprême de plusieurs années d'un supplice que je ne saurais exprimer. S'il tient un infini de félicité dans chacune des scènes mystérieuses par lesquelles deux êtres s'éprennent l'un de l'autre, il tient un infini de mélancolie dans chacune des scènes par lesquelles ils se détachent. Nous vivions côte à côte, et chaque jour nous étions plus étrangers. Naturellement et comme instinctivement, Gérard trompait ses besoins d'action par toutes sortes d'amusements violents que je ne lui reprochais pas, mais qui me démontraient combien peu je lui étais nécessaire. Il avait recommencé de monter à cheval, bien que je ne pusse l'accompagner. Il se prit de passion pour les courses en mer, et devint membre d'un des clubs de yachts qui abondent dans l'île. Il fit des visites chez des gens qui ne pouvaient pas me recevoir et que je ne pouvais pas recevoir. Il chassa et fut absent plusieurs jours de suite. Il voulut voyager et j'y consentis. Il se montrait, à travers ces preuves répétées d'intime lassitude, si parfait pour moi, si ménager de celles de mes susceptibilités qu'il devinait, si résolu à tenir jusqu'au bout l'engagement pris, que je n'osais pas provoquer une explication après laquelle j'entrevoyais... quoi ? Oui, j'avais peur. Je n'avais plus en moi aucun sentiment assez vivace pour qu'il me fît agir. La pensée de la solitude désespérée où je me trouverais jetée si je quittais Gérard, la pensée aussi des remords où je le plongerais, tout me retenait auprès de lui. S'il ne m'aimait plus assez pour être heureux par moi, il m'aimait assez encore pour ne me perdre qu'avec d'affreux regrets. Le temps, qui use tout, a usé cela aussi, après le reste. Mais quelles heures plus amères que la mort j'ai connues dans le cottage entouré de peupliers, d'où par les gros temps on entendait la rumeur de la mer comme un immense et lointain sanglot! Lorsque Gérard était là, le soir, lisant auprès du feu, moi travaillant à quelque broderie, et que nous ne disions pas une parole, je le regardais à la dérobée, et je voyais passer sur sa face une expression de contrainte d'autant plus aisée à reconnaître que le sourire est naturel à ce noble visage comme l'expansion à ce noble cœur. Le plus souvent, c'étaient les journaux anglais et français qu'il parcourait ainsi, cherchant dans les articles et dans les dépêches les moindres détails de la vie politique, sa chimère secrète. Si quelque nomination nouvelle avait été faite dans son ancienne carrière, il me la mentionnait comme malgré lui, et je voyais son front et ses yeux se ternir soudainement. Je vous résumerai d'un mot toutes mes angoisses quand je vous aurai dit que je conçus, la première, l'idée du retour à Paris. Lors du règlement de mes affaires d'intérêt, M. Audry, qui se conduisit dans la circonstance comme un gentilhomme, — tant l'égoïsme intelligent a parfois les allures de la générosité, — m'avait fait dire que j'étais morte pour lui, et que, s'il me plaisait de revenir en France, seule ou accompagnée, je n'avais rien à redouter de sa vengeance. Pour une femme aussi fière que je l'avais été, une telle parole équivalait à la plus redoutable interdiction. Mais que m'importait maintenant l'ancienne fierté ? En revenant à Paris, je m'exposais aussi à rencontrer ceux et celles qui m'avaient connue autrefois. Ah ! que m'importaient les affronts possibles. A mon tour je devais des sacrifices à Gérard. De retour en France, il pourrait du moins chercher à renouer le fil brisé de ses ambitions. L'éclair de joie qui brilla dans son regard au moment où nous mîmes les pieds sur le quai de Boulogne, — ce quai français d'où j'étais partie avec une si folle ivresse d'espoir, — fut l'atroce récompense de mon dévouement. J'eus dans le cœur au même moment une émotion de détresse et de triomphe. Et la question se posa de nouveau angoissante : comment allions-nous vivre à Paris ?

« Je n'ai plus rien à vous raconter de ma triste aventure, que vous ne sachiez comme moi, Élie ; vous fûtes amené par Gérard dans l'hôtel de la rue de Balzac, et je vous aimai. Oui, je vous aimai. Pourquoi ne vous le dirais-je pas aujourd'hui, avec la sincérité des derniers adieux ? Était-ce le contraste de votre caractère si doucement enfantin et gracieux avec un autre que je subissais depuis si longtemps ? Était-ce simplement que mes malheurs m'avaient rendue trop sensible à certaines marques de sympathie? Toujours est-il que cet amour ne grandit pas en moi d'une manière progressive et raisonnée. A votre troisième visite, vous ne pouvez pas vous souvenir que vous eûtes un regard d'une pitié si délicate qu'il m'entra jusqu'au fond du cœur. A peine étais-je seule que je me pris à fondre en larmes. Toutes les tortures de la situation fausse où je me trouvais, revêtirent à mes yeux un sens nouveau. Elles se condensèrent dans cette idée unique : il est impossible qu'il m'estime. Les puissances de fierté, abattues en moi, se relevèrent, et cette conquête de votre estime devint le but suprême de mes pensées. C'est à cause de cela que j'ai rêvé d'être votre amie, — de n'être que votre amie. S'il y avait de l'égoïsme dans ce naïf désir, et si je vous ai exposé à souffrir davantage en vous retenant auprès de moi, seulement pour avoir là votre présence, pardonnezle-moi, Élie. J'ai tant expié cette imprudence? Hélas! je ne tardai pas à me convaincre que cette amitié n'était pas durable entre nous. Vous m'aimiez, vous, tout simplement, dans la jeunesse d'un cœur qui s'était jusqu'ici prêté sans jamais se donner. Je le compris trop vite. Mais par quelles paroles vous peindre la sorte d'émotion, toute mêlée de délice et de douleur, que cette découverte m'infligea? Comment aussi vous dire la reconnaissance infinie que je vouai à votre amour? Il m'apparut, cet amour, qui me devinait honnête femme malgré tout, comme une créature vivante que je chéris, moi, de la même tendresse que j'aurais eue pour un enfant adorable. C'est pour goûter, encore un jour, encore une heure, la douceur céleste de ce sentiment, que j'ai remis chaque matin la résolution que je ne peux plus remettre, après notre entretien de ce dernier soir. Oui, il faut que ce soir ait été le dernier.

Il faut que nous ne nous revoyions plus. Il le faut.

« O mon aimé, laissez-moi vous donner ce nom à la minute où je vous fais tant de mal, je m'en vais pour ne plus revenir. Si vous saviez dans quel monde étrange de réflexions j'ai passé les moments où je ne vous voyais pas, depuis que j'ai commencé à vous aimer, vous comprendriez, mieux encore que vous ne pouvez le faire par ces pages hâtives, la raison de cette disparition sans retour. Je me suis vue en pensée vivant avec vous, Élie, ayant essayé encore une fois de recommencer ma vie, et toujours vos yeux m'apparaissaient, et dans ces yeux une idée que vous ne m'auriez jamais dite, mais que j'y aurais lue, — ah ! si cruellement ! Le souvenir de mon premier amour fût demeuré saignant dans votre cœur, et avec lui cette inguérissable jalousie de ce qui a été, de ce qui ne peut pas ne pas avoir été. Elle est trop juste dans son injustice, cette jalousie. Vous m'eussiez pardonné d'avoir eu un mari, avant vous, parce que mon mariage aurait pu m'avoir été imposé. Laissez-moi, à cet instant suprême, vous parler avec le fond même de mon être. Vous ne m'auriez jamais pardonné tout à fait d'avoir eu un amour, parce que cet amour, je l'ai choisi. Et je sens si bien que vous auriez eu raison. Quand une femme s'est trompée dans son premier choix, elle ne peut plus espérer de retrouver dans celui qui saura qu'elle a appartenu librement à un autre la nuance de tendresse qui seule peut donner le bonheur à une âme fière. Elle ne peut pas non plus, si elle s'abandonne une seconde fois, espérer qu'elle-même conserve cette estime de soi en dehors de laquelle mon âme à moi ne pourrait pas vivre. Je ne sais pas si c'est là un préjugé contraire à ce que voudrait la nature, — mais je sens ce préjugé en moi comme un instinct. Ah ! mon ami ! ceci est le plus cruel à vous dire, je vous verrais heureux auprès de moi, dans cette intimité que vous n'avez peut-être pas osé rêver, que, moi qui vous aime, je ne serais pas heureuse. J'aurais perdu à tout jamais cette certitude d'avoir bien agi, qui a été le besoin profond de toute ma vie. C'est afin de garder cette certitude entière que je vous fuis maintenant, et aussi pour conserver à jamais la place que j'ai occupée un moment dans votre cœur. Ce beau rêve de mourir pour être aimée mieux, pour être aimée toujours, qui fut celui de tant de femmes, je l'emporte avec moi en m'en allant ; ne me l'enlevez pas, mon aimé. Dans la misère de ma destinée manquée, c'est la seule félicité qui me soit permise. Si vous m'aimez, laissez-la-moi. Les conditions matérielles de ma fuite et de ma disparition sont d'ailleurs préparées de telle manière que toute recherche pour me retrouver serait vaine.

C'est là l'explication de ces sorties qui m'ont privée, hélas! de beaucoup de nos dernières heures. Mais cette recherche, je ne veux même pas que vous la tentiez. Permettez que j'achève de vivre avec une douce, avec une enivrante, une unique chimère. Vous vous plaigniez souvent à moi de la mort de votre cœur. S'il est vrai que ce cœur se soit repris à battre auprès de moi, par reconnaissance pour cette vie nouvelle, obéissez au plus profond désir de mon âme. Un jour viendra où vous direz merci à l'amie qui vous aura légué, en se séparant de vous, un sentiment si beau et si pur, et dont rien n'aura flétri la divine fleur. Et adieu, mon aimé. La lumière du matin commence d'éclairer sinistrement cette chambre. J'ai encore une lettre à écrire, destinée à panser une plaie qui ne sera pas bien profonde. En vous quittant pour jamais, je n'ai plus de paroles que je puisse prononcer. Il y a en moi, pour vous, dans cette seconde, quelque chose d'inexprimable. Adieu, Élie, pensez à la disparue comme à une femme qui n'a jamais menti, comme à une qui, avant de vous connaître, a cruellement souffert pour s'être trompée, comme à une qui vous a connu trop tard, mais qui ne s'en irait pas où elle s'en va, si elle ne vous aimait pas tant.

« Claire. »

... Quand Élie Laurens eut lu cette lettre, son premier mouvement fut de s'élancer hors de chez lui pour courir à la maison de Claire. Dans la voiture qui l'entraînait, il relut ces pages. Les larmes lui venaient à cette lecture nouvelle, mais aussi une effroyable évidence que l'absente avait eu raison, et que ce deuxième amour devait demeurer sur une séparation et sur un songe. Il descendit à ce coin de la rue François Ier et des Champs-Élysées qu'il connaissait si bien, et il revint à pied sans avoir poussé jusqu'à l'hôtel de la rue de Balzac, par cette route suivie avec tant d'espérance, hier encore. Il revint, obéissant comme d'instinct aux volontés de Claire, et toute l'amertume de la destinée lui débordant à la fois du cœur, il comprit, à travers sa souffrance, qu'il entrait pour la première fois dans le monde mystérieux du Grand Amour.

Paris, octobre-novembre 1883.

Achevé d'imprimer

le douze janvier mil huit cent quatre-vingt-dix-huit

PAR

ALPHONSE LEMERRE

6, RUE DES BERGERS, 6

A PARIS

2. — 2908.

COLLECTION LEMERRE ILLUSTRÉE

Volumes in-32, illustrés de gravures sur bois,
d'après Myrbach,
Jeanniot, Paul Chabas, Daniel Vierge,
Paul Leroy, Rossi, etc.,
imprimés sur papier vélin.

Chaque volume : broché, 2 fr. ; relié : 3 fr.

PAUL BOURGET : *Un Scrupule* . . . 1 vol.
FRANÇOIS COPPÉE : *Rivales*. . . . 1 vol.
A. DE MUSSET : *Frédéric et Bernerette*. 1 vol.
ANDRÉ THEURIET : *L'Abbé Daniel*. 1 vol.
A. DE MUSSET : *Le Fils du Titien. — Croisilles*. . . . . 1 vol.
STENDHAL : *L'Abbesse de Castro*. . . 1 vol.
PAUL BOURGET : *Un Saint*. . . . . 1 vol.
MARCEL PRÉVOST : *Le Moulin de Nazareth*. . . . . 1 vol.
J.-M. DE HEREDIA : *La Nonne Alferez*. 1 vol.
FRANÇOIS COPPÉE : *Henriette*. . . 1 vol.
PAUL BOURGET : *Steeple-Chase*. . . 1 vol.
ANDRÉ THEURIET : *Rose-Lise* . . . 1 vol.
FRANÇOIS COPPÉE : *Contes tout simples* . . . . 1 vol.
LONGUS : *Daphnis et Chloé*. . . . . 1 vol.
MARCEL PRÉVOST : *Le Mariage de Julienne*. . . . . 1 vol.
ALPHONSE DAUDET : *Les Femmes d'Artistes* . . . . 1 vol.
ANDRÉ THEURIET : *Deuil de Veuve*. 1 vol.
CERVANTES : *Le Captif* (tr. Dorchain). 1 vol.
PAUL BOURGET : *Deuxième Amour*. 1 vol.

Paris. — Imp. A. Lemerre, 6, rue des Bergers.

www.ingramcontent.com/pod-product-compliance
Ingram Content Group UK Ltd.
Pitfield, Milton Keynes, MK11 3LW, UK
UKHW031903260826
14628UKWH00002B/956

9 782329 459073